華志文化

華志文化

寫作新解方

寫作一路發

周慶華◎著

全書規畫有起步篇、衝刺篇和抵達篇等三部分，共三十章，分別談論寫作的基本觀念、會遭遇的各類問題，以及實際完成作品所需的技藝等。

論述旨意，則是要提供大家可以寫作一路發的方便管道。當中涵義有三：
第一，在學者應付各種作文，看了本書，可保一路暢順；
第二，一般人要以寫作為志業，參究本書，立刻知道進境所在；
第三，教師家長要指導孩子寫文章，仿照本書所示，一切都會有著落。
不敢說這概括了盡了寫作指引的能事，但至少所點出的要項及其有效的舉證等，已遠非坊間同類型泛論且視野拘限的著作所能相比。

作者簡介

周慶華，文學博士，大學教職退休。現專事寫作兼作文學服務，出版有學術論述和文學創作等七十多種書。

書內容簡介

寫作不是聽人喊喊口號就能上路。它得先確立合適的觀念以便起步，熟悉所會關涉的問題予以解決後去衝刺，以及了解各種可能的技藝且勉為實踐才有辦法完竣抵達。本書正在提供這類有用的資源，大家不論是自行寫作還是指導他人寫作，一旦就近加以參考，保證可以使寫作暢行無阻，一路發到底。

後全球化思潮叢書企畫

西方人所主導全球化的人口、金融、資訊科技和商品等流動現象的全球化風潮，在歷經幾個世紀的衝撞後已經快到強弩末端了。而當今許多綠能經濟的倡議，以及諸如中國、印度、巴西和非洲等的崛起，不啻在預告全球化必須走向下一步「後全球化」了。只不過綠能經濟所強調的再利用和開發新能源等觀念和作為，僅是轉成綠色資本主義還是老套，並非真有助於終結能趨疲（entropy，熵）的危殆；而第三世界的崛起，儼然一切以重構文明或再造文明的新意識在主導經濟和科技的運作，但情況卻無法這麼樂觀，因為西方強權所帶動的全球化就要耗用完地球的資源，第三世界崛起除了拾人唾餘，還得分攤環境汙染和生態失衡等後果，根本沒有什麼遠景可以期待。因此，所謂後全球化的後，它的意義就得越過這一新經濟和西方強權轉弱的假象而從逆反全球化來確立。

逆反全球化，在當今已有遍布於世界各地的原始主義、社會改良主義、民族主義、原教旨主義和馬克思主義等在策畫行動，但實際上它們被操作時僅是消極抵抗或不附和而未能極力批判，到頭來都成了全球化的組構成分而欲後無由。畢竟全球化背後的資本主義邏輯和軍事或文化殖民的征服等因由，才是當中的關鍵，反全球化就是要以它為對象；而如今所見的相關作為卻都是以另起類似的因由在籌謀對策，自然罕有成效可說。因此，只有徹底逆反全球化，才是大家能夠繼續在地球上存活的唯一保證。

基於這個前提，後全球化必須有周密且強而見力的思維來領航，以便人類知所從新安頓生命和永續經營地球等，開創性自是此中最大的期待。以至這裏就有了後全球化思潮叢書的企畫構想，凡是直接思索後全球化當如何的，或者可以跟後全球化需求相涉相發的，或者看似有距離實是在引領新一波思潮的專著，都竭誠歡迎。

在直接思索後全球化當如何的和可以跟後全球化需求相涉相發的專著部分，乃依需訂題；而在看似有距離實是在引領新一波思潮的專著，則可取例如下：新符號學、新敘事學、新語言學、新詮釋學、新宗教學、新倫理學、新形上學、新儒學、新道學、新佛學、新仙學、新神學、新靈學、新文學學、新藝術學、新美學、新科學哲學、新知識學、新政治學、新經濟學、新資訊學、新電影學、新趨勢學、新人學、新物學、新心學、新宇宙學、新生命科學、新老人學、新環境生態學等。

編輯部

序：寫作一路發

小時候，還沒著迷上文字世界以前，所有的空閒，我幾乎都是在盡情玩樂中渡過。由於住在鄉下，家裏又窮，買不起玩具，也沒地方可買玩具，所以就自己動手製作，如陀螺、木劍、滾車輪、燈籠和竹製手槍等，不知道在我手裏成形和玩壞的有多少；甚至還學大人編織、燻製釣竿和蓋茅屋等來自我過癮！當中所蓋的一間茅屋，自己獨坐在裏頭，酷似個山大王，得意到完全忘記工作期間的辛苦。後來只因缺少一名壓寨夫人，覺得無趣就把它毀掉了。至今還在遺憾：如果當時繼續研發，說不定我會擁有一幢自己設計的房子，也不必儘是呆在別人蓋好而缺乏個性的住屋裏。

不久隨父母遷居小鎮，沒有機會再自製玩具，同時遊戲也變得很都市化：短暫精緻而少了狂野氣氛！以至我的興趣只好轉到學校功課上。這時舊有不會寫作的痛楚突然從心底急湧上來！原以為我又可以像先前一樣跟大家一起偷懶，把學校該學習的東西一概置諸腦後，不料新的競爭情境卻鮮明的擺在眼前；特別是看著作文課別人振筆如飛那副瀟灑自如的表情，而我還在咬筆桿苦思不得成篇，一經對比驀地就汗顏到想找個地洞鑽進去。雖然沒有人會逼迫我寫好文章，但因為有同儕比能的壓力，於是只得再把過去喜愛找材料製作玩具的蠻勁，移來從新動手動腳廣蒐有助於寫作的資源。

在這個過程中，我意外的發現課本裏附錄的語文常識，有不少趣味盎然的題材，如字詞辨正、標點運用、文人的軼聞趣事和文體的歷史演變等，都激發了我不少寫作的靈感。尤其在一次前往新來同學的住處，看見兩書架滿滿的讀物，登時被震撼得不能自已！原來他能夠下筆千言不休，就是得力於這裏面的知識；而我迄今尚未看過一本課外書，自然胸無點墨且筆底生澀到要自我嗔恨起來！

經過這一打擊，我試著開闊視界留意起周遭各種文字資訊，而不再耽溺於那些只能狎戲的玩物。因此，逐漸地許多社會事件從新聞報導中躍進了我的眼裏，鄰里蜚短流長的言語也紛然溜入我的耳內沉潛，而更期盼的是我要變成一尾在書海裏恣肆泅泳的魚；仿效那位同學將來也能坐擁書城，然後再行研製輸出而造就新的文字成品。此一願望的日漸實現，曙光就在北上唸師專的年代。我把學校購置的書報雜誌引為自己的庋藏，而將校內外刊物可以投稿的園地看作磨練文筆的絕佳時機，同時也逐次寫起日記來紀錄這一切的生成變化。而為了文章被接受所得的鼓勵能夠持續且擴大效應，我又大量披閱親自選購的相關理論書，從而形塑一套又一套的寫作策略，冀望所寫類型廣延和質量並重等高標文事，可以成為終身所託的志業。

如今再經歷過大學、研究所的求學階段，以及小學教職、大學教職的轉換等，前後寫了數十年，所出版學術論述和文學創作等也有七十多種，算是不負平生所立志意了。當中自述寫作經歷及其預告新潮的著作，已不缺乏，如《思維與寫作》、《作文指導》、《故事學》、《語文研究法》、《兒童文學新論》、《文學概論》、《創造性寫作教學》、《語用符號學》、《語文教學方法》、《文學詮釋學》、《華語文教學方法論》、《文學理論》、《華語文文化教學》、《走出新詩銅像國》和《語文符號學》等，都有成套的論說及其例證，足以轉為開啟大家自行寫作或教人寫作致勝的新契機。而當前又得空撰寫此一更事淬鍊且方便閱讀吸收的引導寫作書，希望還在起步中的寫手都能夠從中窺得精進的秘辛。

全書規畫有起步篇、衝刺篇和抵達篇等三部分，共三十章，分別談論寫作的基本觀念、所會遭遇的各類問題，以及實際完成作品所需的技藝等。而論述旨意，則不外是要提供大家可以寫作一路發的方便管道。當中涵義有三：第一，在學者應付各種作文，看了本書，可保一路暢順；第二，一般人要以寫作為志業，參究本書，立刻知道進境所在；第三，教師家長要指導孩子寫文章，仿照本書所示，一切都會有著落。不敢說這概括了盡了寫作指引的能事，但至少所點出的要項及其有效的舉證等，已遠非坊間同類型泛論且視野拘限的著作所能相比。

也許有人認為從看理論書到實際寫作會有一段距離，這樣有沒有理論書就不關緊要。但依我的經驗，寫作進展不了，不是緣於理論書抽象或難以派上用場，而是自己對理論書鑽研不夠深入所導致的。因此，上述那類說詞，只合歸在有欠精準的俗見或短見範圍，而不宜再拿來搬弄，以免誤導人心。

魏特罕（M. Wertheim）《空間地圖：從但丁的空間到網路的空間》這本書提到一個故事：有位名叫卡路扎（T. Kaluza）的科學家，為了證明電磁力這一微小第五度空間的存在，他決定用游泳來作試驗。本來不會游泳的他，開始用心把游泳技藝研究個透徹。到了試驗那天，他跟家人一起來到海邊，然後當眾躍身投入波濤中，果真能游了，顯然理論從真實生活的踐履獲得了證實。

反觀我這本仍以理論鋪展為基底而加案例證成的中小型書，能夠在大家進益寫作的路程中起作用，也得先受到類似的對待，有心人不妨試試看。

周慶華

目次

起步篇

誰駭怕寫作

> 我知道要是不一直寫我就會死，因為寫作就是冒險，而唯有藉由冒險我們才能知道自己活著。
>
> ——加拿大作家愛特伍（M. Atwood）語

寫作，對許多人來說，就像面臨突然掉落眼前的一塊燙手山芋，除了自己不敢承接，還會想辦法推給別人，讓對方去為它傷腦筋。

情況不就是內部要編刊物了，稿子卻遲遲出不來，一問才知道連倡議的人也在逃避責任。他總是說：「我出點子，你們去寫呀！」至於鼓吹大家到外面投稿，那就會看見有人提早把門關上，免得你闖進來逼他動筆寫東西。因此，上引愛特伍的話，就顯得戲謔成分濃厚，畢竟世上絕大多數人都是當寫作比死還痛苦，他們才不要冒這種險。

那麼大家為什麼會駭怕寫作？這說來包括常寫作的人在內也不能免俗，一樣有恐懼的時候。好比德國作家曼（T. Mann）和法國詩人范樂希（P. Valéry）所分別說過的「作家就是比別人更覺得寫作很難的人」和「我，假如被人強制寫作，寧願自殺」，前者不啻是在暗示當了作家才曉得寫作不容易；而後者也無異是在警告他人別妄想迫使詩人一定要量產。可見駭怕寫作或駭怕無止盡寫作，是大家共同的心理，不能單獨責怪某些人缺乏一寫的勇氣。於是「為什麼會駭怕寫作」這個問題，就得轉成「怎樣才不會駭怕寫作」，方有「指出向上一路」的積極意義。

換個角度看，「駭怕寫作」是根本性的問題，而「不駭怕寫作」則是克服「駭怕寫作」的恐懼後始出現的，已經晉升到了另一個層次。以至還是要回到初次而一窺大家駭怕寫作的原因，才能進一步對比找到不駭怕寫作的良方。

這不妨以飲食作類比。我們知道，人通常不會無緣無故吃東西，倘若不是為了生理需求，就是為了修補機能或健體美容，總是有理由才把食物送進肚子裏。但這到了絕食或自我禁食該一特殊狀況，為某種原因而進食卻成了不可思議的事。也就是說，無法吞嚥或修行辟穀的人，他們是無所謂進食，甚至會駭怕進食。這不就像極了寫作？如果你不知道「為誰而寫」，那怎麼可能激起寫作的欲望，終而還會樂此不疲的深愛上寫作？

由此可知，大家所以會駭怕寫作，就是還沒體認或找到寫作的目的，彷彿船隻在茫茫大海中失去方向，恐懼心理自然會油然而生！反過來，有了「所為寫」的對象，那筆底必定有源源不絕的東西跑出來。試想一個提筆就皺眉頭的學生，在遇到應罰寫悔過書的時候，他會不會窮盡所能寫對自己最有利的話？而一個點逗文字始終有困難的人，心血來潮寫信要向朋友討錢，他可不可能突然筆底生花似的儘想些好聽的詞語？這些都是在了解為誰寫作後，剎那間忘了自己不再駭怕寫東西。同樣的道理，任何人想從作文的挫折或頹敗中奮起，在首關上也得確立或搞清楚到底要為誰寫作。

當寫作不再造成心中的鬱結後，第二級序的問題就是「要寫些什麼」。這最具臨場性，也是考驗一個人能否持續寫下去的一大關鍵。換句話說，駭怕寫作的恐懼化解了以後，接下來就是等著自己從百無聊賴中反身喜歡上寫作一途，而這就得熟悉「有什麼東西可寫」。

有什麼東西可寫，基本上不可能憑空設想，它還得從經歷生活、勤快閱讀和精鍊研思等途徑來擷取資源，那一枝「彩筆在握」的事實才可能成真。所謂「成功沒有捷徑」和「我們透過寫作，發現自己的想法」等為美國作家哈瑞爾（L. Harrel）及蒂蒂安（J. Didion）所說的話，就是在不同層次上證成這一說法。後者是說，當你有了東西可寫後，寫作就會像滾雪球那樣越來越可觀，也越來越欲罷不能，因為你每寫一次就誘引出新的靈感，而讓你寫到手軟也停不下來。

在經歷生活、勤快閱讀和精鍊研思中，勤快閱讀於理上是居優先地位的。由於一般人所能經歷的生活有限，而想精鍊式的研思也多半要在題材出現後才會跟著到位，致使勤快去閱讀以獲得各種資訊也就變成最見迫切的需求。因此，閱讀就不只像德國作家布呂因（G. de Bruyn）所說的是為了「**能夠過別人的生活**」而已，它更重要的是可以成就法國作家沙特（J.P. Startre）所說的「**一場自由的夢**」，從而恣肆醞釀無限的創造力。

顯然在一個人還不知道有什麼東西足以充實寫作的內容時，他原先駭怕寫作的感覺仍會急速翻湧上來。而向來傳言的所謂「詞窮」或「文思枯竭」一類困境，就是指事到臨頭才發現詞不達意或手感欠佳，以至於寫不到終了。俗話說「**書到用時方恨少**」，這在寫作一事上更容易得著證實。

說實在的，胸無半點墨的人，很難想像他在寫作路上有能耐盡情的馳騁。而這也形同是在提醒大家：你不多讀些書，即使搞清楚了要為誰寫作，也會因為腹笥窘澀而不得不戛然中斷，導致最後無法避免要以「終究不能成篇」的更深遺憾收場！

能寫就是王道

暴君並不怕嘮叨的哲學家宣揚自由的思想，他只怕一個醉酒的詩人說了一則笑話，吸引了全民的注意力。
——美國作家懷特（E. B. White）語

有了明確為誰寫作的概念後，駭怕寫作的恐懼指數固然會減少；而經由廣泛閱讀的途徑，實際採取行動去寫作的機率也會大增，但這些都還沒有觸及一個更優位的前提，就是「有什麼理由要去寫作」。

世上儘管有人全年不休的在文字海裏泅泳，也產出了數量或質量可觀的作品，但仍有更多人還在岸上徘徊。他們不是觀望不前，就是淺嚐後又縮手，馴致在此空有勸人寫作的好意。這又是什麼緣故？換句話說，為何明知寫作的心理機制可以啟動了，卻又猶豫不決，甚至依舊要望寫作而興嘆？究竟是那種障礙尚未排除，或者還有什麼心結沒有打開？

這很有可能是基於「經驗法則」。正如一名天文學家在看一支兩百英吋長的望遠鏡，突然驚呼快下雨了。他的助理問說：「你怎麼看出來的？」天文學家回答：「因為我的雞眼痛。」只要你直覺寫作不是什麼大不了的事，就有可能像該天文學家那樣懶怠於精確探測下雨的原因，而草率的把寫作一事拋在腦後。

此外，不覺得寫作有高度價值的人，也會提不起勁向寫作大業進軍。所謂「**在守財奴眼中，金幣比樹還美麗**」，英國詩人布雷克（W. Blake）說的這句話，恰巧可以藉來想像不寫作的人心中也還有更為迷戀的東西，如果傾向寫作，他就得犧牲其他能夠立即見效的物事追求。

除了經驗法則，就當數有關寫作的「先天理則」被嚴重的忽視。這是說人類的文化所以能夠創造累積，幾乎是靠寫作完成的，而在一個人還懵懂於這一道理或短少於自我啟蒙，他就不了解寫作可以「終身許之」或「戮力以赴」的深刻意義。

德國詩人賀德林（F. Hölderlin）說：「**活著，就是在捍衛一種形式。**」這形式的認定，或許會因人而異（如把它視為是競爭權勢或富足的物質生活或追求愛情），但總不及透過寫作來建構知識或創發文學那般值得人叨念；一旦錯過了親身去體驗的時機，就只好看著別人風光過一生。

也許有人會舉出其他事業有成的例子，而不相信這套說詞。但我們也得知道，倘若沒有寫手為那些名人撰稿傳播，或者他們自己委託作家替他們立傳，那麼他們想將「經營之神」或「政績卓著」一類的美聲宏揚於外，就機會渺茫了。因此，回返源頭，把寫作一事擺在最高位置，而孜矻且不懼折騰的迎向前去，也就可以使此生了無遺憾！因為寫作就是來人間走一遭天理所許的最大任務；而能寫作的人，就是王道。

相對於霸道，王道是一條不必瞻前顧後的康莊街衢。它儘管大膽或坦蕩蕩的去釋放魅力，而毋須像前者那般想出頭還得遮遮掩掩一番。大家知道，有錢有勢的人，常常會目中無人。他們不是以威權凌駕別人，就是不願跟凡眾為伍，心中橫梗著古來勢利人所見那種不討喜的邪辟觀念，隨時在伺機出動而巧變奪取多餘的利益。而這在以寫作為生的人那邊，縱使偶爾也會歧出去唆使讀者或誅伐貽誤他人，但大多時候他只能敞開文字世界迎接各種納拒的考驗。而從能夠恆久製造驚奇或供人掘發嘆賞一點來看，寫作就真的是可以榮耀加被的王者事業。

哲學家笛卡兒（R. Descartes）有句名言「**我思，故我在**」，這經過調整後將它改成「我寫，故我在」，就更貼切了。因為「我思」還在腦海塑形階段，只有到「我寫」後才有完整成品，而足夠用來確立自己的存在樣貌。在這種情況下，寫作而展現另個哲學家柏拉圖（Plato）所意示的「**會說故事的人，將統治社會**」那一形貌，那麼一個王者氣象的獨造成就不就儼然成形了？

再說，如果把「王道」從前面的名詞性換作動詞性，那麼這又會激起我們在寫作路上鍥而不捨且一直精進的勇氣和毅力。誠如一則阿拉伯諺語所說的「**如果不想做，會找到一個藉口；如果想做，自然會找到一個方法**」，這「**自然會找到一個方法**」，對寫作者來說就是只要上路了，沿途自有無窮盡的風景會展露給你看；而你前去汲取所需要的偌多對策，也有如美國詩人威廉斯（T. Williams）說的「**點子就在萬事萬物中**」，而不勞你苦思冥想就水到渠成了。

這樣你也就可以藉著凜於王道的驅動，不斷地自我惕勵寫出更多更精采的作品。屆時要像法國詩人波特萊爾（C. P. Baudelaire）所期許的「**把你的汙泥給我，我將它鑄成黃金**」那樣，縱使遇到腐朽的題材也能把它化為神奇的作品；或者接收類似雨果（V. Hugo）對荷馬（Homer）的讚美「**世界誕生，荷馬高歌，他是迎來這曙光的鳥**」而無所愧作，畢竟你也已經創新自勉而寫作有成了。因此，原先「誰駭怕寫作」的模稜句，到了此刻你就大可將它翻轉過來變成反詰句，語氣就像這樣：「開玩笑，誰駭怕寫作！」即使有加強性的驚嘆號存在，也撓動不了你堅持寫下去的意志了。

其實，有能力寫作，一向是令人羨慕有加的。古語所謂「**壯士橫刀看草檄，美人挾瑟請題詩**」，這就是特許給能文者的讚譽。當你手中的彩筆善於運轉，武士就會屏息在旁邊觀看你起草檄文，而美人也會腋下挾瑟急著來請你題詩。至於上引懷特語中該一影響隱喻，那就更證明寫作所具有的潛在莫大效應。

從起點到終點的塑形

我們該試著愛上問題自身，諸如上鎖的房間和用非常陌生的文字寫就的書。

——德國詩人里爾克（R. M. Rilke）語

將寫作的價值高格化，並且據以為終身所能寄託的志業，那能寫就是王道的信念無虞會更加堅定。好比清朝康有為的對聯「樂見天下賢豪長者，喜作人間翰墨神仙」及趙翼的詩「書有一卷傳，亦抵公卿貴」，這些話顯然都是當事人深有體會此中道理才說出來的。他們的舉動，不僅使自我生命的昇華得到了保障，還會對不能如此的他者生命發揮暗中啟迪的作用。

倘若以魏文帝曹丕〈典論論文〉所說的「蓋文章經國之大業，不朽之盛事。年壽有時而盡，榮樂止乎其身，二者必至之常期，未若文章之無窮。是以古之作者，寄身於翰墨，見意於篇籍，不假良史之詞，不託飛馳之勢，而聲名自傳於後」這段話為例，那歷來被鼓舞而勤於寫作的人就不知道有多少，畢竟那已經把寫作預懸到最高境地，見者不引為奮勉向前也不可能了。

當然也有專務修行的人，識見不足，會在某種程度上反對一些他所認為不切實際的寫作方式。例如北宋理學家程頤，就曾詆諆過文學家儘寫些閒言閒語，無非是在玩物喪志。所謂「**如今言能詩無如杜甫，如云『穿花蛺蝶深深見，點水蜻蜓款款飛』，如此閒言語道出作甚**」，杜甫一首名聞遐邇的〈曲江〉詩被他說得這樣不堪，可見這個人難免也犯了太過偏見的毛病。

縱是如此，這類激烈性的反調，還是不會影響到喜歡寫作的人，他們依舊會在自己的文字天地編織各種新奇的藍圖，至死而不悔，因為他們早已被寫作這項不朽偉業牢牢的感召了。而這種感召，到了日漸深化的階段，就會遭遇上引里爾克所說的那種情況：必要時，我們得寫出相對艱難的東西，才能體現一個寫作者的自我競賽有了進境。

這裏所說的「艱難的東西」，並不表示使用文字要冷僻到讓人無法卒讀，而是說它在意蘊上得有一定水準可供人揣摩體會。這時預備寫作的人，也就勢必要從「能寫就是王道」的領悟中反轉向上，促使「從起點到終點的塑形」新課題可以在自己的計慮裏幽然的浮現。換句話說，一個人受到寫作這種存有的感召後，決意要開張了，他首先就得做一件奠定基礎的工作，就是將那要寫的東西從頭到尾「怎麼完形」予以設想周到。

怎麼完形，從理論上來說，會涉及一個「模塑類型」的歷程，而這需要做或可以做的可就多了。比如你要給所為寫的對象提供什麼核心價值、取材的範圍可否自由伸縮、所用來包裝的文體文類是要沿襲舊有還是別為新創、相關的形式技巧風格如何安排，以及其他各種修飾美化的細節究竟廣涵到那種地步等，無不要考慮清楚。它們所顯示出來的可具自我特色的形態性，等於有起點和終點的對列相續，而自然形成一個可以操作的方案或理論體系。這些都得心中有譜，才有把握實際進入寫作的情境。

有個案例提到，一位作家接到一通讀者的電話，聽見對方幾近哀求的聲音：「我的天，我整個早上坐在這裏試著想要寫點什麼。我在窗前擺了書桌，放上乾淨的稿紙和一枝筆。現在我要怎麼辦？」作家毫不思索的答以「你就讓手動起來開始寫」。這著錄於高柏（N. Goldberg）《狂野寫作——進入書寫的心靈荒原》書中，看來很不協調：正是人家腦袋一片空白，才無處著眼，而你卻要她比照你那樣得便狂野寫作一番。這不但白費力氣，而且還會徒讓對方心懸在那兒，不知何時才能落實而真的將筆運轉起來。

類似的情況，就是拉莫特（A. Lamott）那本書《關於寫作：一隻鳥接著一隻鳥》所告訴生手的：寫作只要一隻鳥接著一隻鳥，按部就班地寫，終究會完成一篇短文。作者認為這從他父親那邊聽來的小故事，通常能對寫作感到極度頹喪的學生起點作用。不曉得他所謂的作用有幾分可信，但依經驗寫作如果這麼簡單就可以成形，那世上大概不會有人還在為驅遣文字一事痛苦煩惱不已！

就因為寫作難成，所以所有企圖用簡單門道相示以求「聳動聽聞」效果的人，都不免暗含自我矛盾！原因就在他們自己能寫作是早經磨練的，絕對沒有如他們所說的可以倖至或一蹴可幾。再說寫作指導倘若能夠這樣容易交差，那麼當事人也無異太過輕忽以對「文章華國」或「著文益世」這一神聖的文化蘄嚮。即使不然，想看到對方寫出有點像樣的作品，恐怕也是要幾經波折而剴切予以誨教才能如願。

基於這個前提，前面所說的一系列完形初議，大家也就得慎重看待，而在自我砥礪寫作或轉為教人寫作時激發「明路彰甚」的效應。如果沒有例外，那麼「從起點到終點的塑形」就真的是一項必須學習的功課，寫作一事才有機會浮出檯面而成為最能長遠發展的志業。

這是從對比得來的結論：它所給寫作這種長遠性定調，不僅是緣於寫作本身的最強神聖性，還有人所能負荷的其他工作都會隨生理機能的退化而遞減，只有寫作縱是到了老邁但有口述力氣的階段，也還有人可以代你筆錄，共同完成無比高華的作品。後者也許不必認真期待，但對於前者的隨時得攬入見效，那就要將它當成終極使命而不宜輕易妥協逃避了。

許一個創新的夢

要是有人貿然問誰是嚴肅作家，答案很簡單：就是那些從未被人想到在寫作時頭腦裏有讀者的人。
——美國作家布斯（W. C. Booth）語

大家不妨想像看看，所引布斯這段話是在什麼條件下說出的？一般上他儘可用別的話搪塞或故作神秘不語，但他卻要這麼斬釘截鐵地自問自答，又是什麼緣故？這可能無從解答。不過，它已經牽涉到一個關鍵性的問題：就是你既然決心要寫作了，那麼總得設定一個比較可觀的目標吧！這個目標，在布斯那兒沒有說清楚的，此地可以代他表出而用一句話來概括：那就是創新。

創新這條路，人人能意會，卻不一定有明晰的觀念。像神學家英格（W. R. Inge）所發出的「**創新，就是沒有被發現的抄襲**」一語，這就是西方有神論者一貫的論調。他們把創新一詞專許給上帝，指祂從空無中創造了一切；而人類倘若也要創新，那就僅能抄襲上帝的作為（只不過尚未被察覺罷了），畢竟大家都是有限的受造者，不可能比上帝還要厲害。

此外，創新還被維葉特（M. Villette）《偉大的企業家都嗜血？從掠食者到商場英雄的成功之道大揭密》一書形容為像在掠食：「通常是掠食使創新成為可能」，如「在非繼承的情況下，要籌措創新的資金，你非得投入掠食行為不可。掠食讓創新得以實現。強取豪奪，跟財富的創造、新公司和新經濟菁英的出現息息相關。」而這在當今普世所極力推動的文化創意產業裏，也獲得了幾分證實，因為該文化創意產業所強調的創新，依然以獲利為出發點，而要獲利就得掠食，直到紅海一陣廝殺而將同行擊垮為止！這樣創新還會是個可期待值嗎？

越說越恐怖！所謂「如果你不改變（創新），你就會被淘汰」、「我成功（創新），是因為我志在成功」、「光是成功（創新）不夠，還要其他人失敗」等，這些出現在坊間題為《誰搬走了我的乳酪》、《創意》和《尋找一首詩》等書中所引西方名人的話，不啻要教人看了膽顫心驚！好像一卯上創新，就是一副要吃人似的，搞得整個社會人心惶惶！

事情不應該這般嚇人的！它還是可以在理性面上，讓創新有一個合理的伸展空間。也就是說，我們無妨先將創新設定在能顯「局部差異」的層次，而後把注意力貫注於人類文化所以有辦法向前推進的各種創新因緣。好比物理學從古典力學到相對論到量子力學到混沌理論的發展，或者科技從機械的發明到電腦的製造到遺傳工程的研發到網際網路的經營等衍變，這裏面固然蘊涵有遺害荼毒世界的成分，但它們一起促成了人類文化的進展，卻是不可否認的事實。因此，寫作上的創新只要比照這種有益人類文化更新的精神，仍然可以被容許，甚至還得多予一分不妨「普遍恆久化」的寄望。

西方文人所在意或念茲在茲的寫作，已經深受他們文化氛圍的感染，而將創新（創造）視為是一條必經路。以至它即使不是為了符應如神學家魏明德（B. Vermander）所明點「**人類受造的目的，是為了創造（創新）；唯有創造，人類才能以榮耀回報造物主**」那一仰體上帝造人的美意，也還有如詩人波特萊爾所暗喻「**由於想像力創造了世界，所以它統治這個世界**」這一為贏得眾人拜服的渴望，所見亟欲實現的急切性，都好像箭在弦上而不得不發。而這所能給我們眼前想從事寫作的啟示，毋寧是它那不肯向已有成就低頭的堅定信念。換句話說，我們得為自己深許一個創新的夢，在寫作路上才不致缺乏目標高懸而凌亂步伐或中輟打了退堂鼓。

這跟前幾章所說的並沒有衝突。創新是寫作的進一層觀念，如知道為誰寫作後，總得再行考量怎麼讓對方刮目相看；而廣泛閱讀所要累積寫作的資本，也當把創新視為突破舊規的出口，以免儘是在仿效別人而短缺自家面目。又如體驗到了寫作可預懸為最高價值，而願意投身於能寫就是王道此一不朽偉業後，創新也就定然要出現而成了指引前進的方針。又如計慮寫作從起點到終點的塑形，所要模塑類型以完形化所寫就的東西，那更少不得創新因素從中串起作品的曼妙美姿。顯然所許的這個創新的夢很實在，也很有挑戰性。

相傳有一天英國各大報紙同時刊登一則徵婚廣告：「本人喜歡音樂和運動，是個年輕又有教養的百萬富翁，希望能跟毛姆小說中的女主角完全一樣的女性結婚。」然後不到幾天時間，倫敦各書店內的毛姆小說作品就被搶購一空。而很多人根本不知道刊登那則廣告的就是小說作者本人。毛姆（W. S. Maugham）這位小說家兼記者，在二十世紀初曾千里迢迢跑到中國採訪一代怪傑辜鴻銘，他的嗅覺應該敏銳到可以察知他的作品能夠吸引一些千金小姐或準備為自己女兒擇偶的名門貴婦，所以採用這種創新廣告的撰寫方式，可說是名利兩便，很能新人耳目。

所謂許一個創新的夢，就是為了締造類似上述那一可能的驚奇。它在大多時候都得避開流俗而自我嚴肅化，以便讓創新可以顯示它衝撞體制或違拗舊規的最大張力。這時的驚奇，已經不同於譁眾取寵或沽名釣譽，而是徹底的在為人類文化的進益儲存魅力，相關跟隨而來的名利倒成了不太重要的點綴。

伴隨路程可能的各種驚奇

當你說話時，一字一句穿越房間或大廳；但當你寫作時，字字句句卻能穿越時空。

——美國小說家賈德納（J. Gardner）語

所許的創新夢，落實後可以給人驚奇不置，自然毋須多說；而自我為了實現該一夢想，千辛萬苦的找尋各種資源，也會觸處有足以讓自己驚奇的時刻，這就少有人意會了。上引賈德納所說的話，看似簡單至極，沒有什麼可以懷疑的；其實真要使所寫的作品「穿越時空」，那可不是一件容易的事。倘若沒有多經歷艱困的考驗，恐怕也脫胎換骨不了而臻致奇文可共賞的境地。

原則上，所要經歷的艱困考驗，會像一個迷路的人，一邊既要探問出路，一邊又要排除沿途的險巇障礙。而每一次第的遭遇，都會給自己帶來驚訝於心境和外境奇異變化的感覺！換句話說，一旦為了寫出具有新意的作品，那麼全程所得面對的各種難題就會成了自我驚奇的來源。

首先，所為寫的對象，可以是大讀者，

也可以是小讀者；而大小讀者，又有性別、階級、族羣和政黨等屬性不同的差異，通常沒有弄清楚或不想弄清楚，你就會驚奇於問題為何那麼複雜，或者讀者怎麼會對你有五花八門的需求。好比寫畢投稿一事，你就得先熟悉刊物的意識形態立場，否則你貿然投一篇附和臺灣獨立的文章到統派經營的刊物如《聯合報》副刊，鐵定會遭遇退稿的命運；而你莽撞投一篇迎合中國統一的文章到獨派經營的刊物如《自由時報》副刊，也保證會淪落被棄捨壁還的下場。此刻你豈不要驚奇於世上還有這般難以搞定的接受者？

其次，寫作的物質報酬率向來不高，大多數寫作者都得另謀一份差事才足以餬口。因此，凡是想靠寫作為生的人，在稿費或版稅不濟的時候就得忍受飢寒交迫，他可能始料不及一個由文字建構起來的世界，竟然養不起亟欲繼續為它增添風采的文士。這時他就會驚奇於大家所羞於出口的話，恰巧被英國作家毛姆一個人說盡了：「**大多數的愚人都不知道：自古以來，沒有一個人不是為金錢而寫作的。**」於是德國詩人里爾克所說的「**貧窮就是從體內放射出來的美麗光芒**」，以及古羅馬作家西塞羅（M. T. Cicero）所說的「**飢餓是最佳的**

醬汁」等，也就成了此中同人所不得不嚐受的一道安慰劑！而該如何克服，才能使寫作的志業性不被削弱，這就又到了你必須驚奇於得進入「廣為鬻文以圖存」的階段，而相關前景卻充滿著無比的不確定性！

再次，所有關係寫作全程性的模塑類型及其技藝創新等課題，越深究會越感到「學問無窮」！以至你還得驚奇於更要等待柯爾賀(P. Coelho)《牧羊少年奇幻之旅》書中所說「**當你真心渴望某樣東西時，整個宇宙都會聯合起來幫助你完成**」那一外界的助力。而此刻你可能已經不太在意印度聖雄甘地(M. Gandhi)一再暗示過的「**貧窮是最糟的暴力形式**」(因為你早就困苦得幾近要痲痺了)，卻會為可否像科學家阿基米德(Archimedes)所嚮往的「**給我一支夠長的槓桿和一個放置它的支點，我將能舉起全世界**」那般，也有辦法仰賴寫作來把常熟的世界改頭換面一番而傷透腦筋！

如果說一切非寫作本身的問題都可以迎刃解決的話，那麼剩下來的要實現該一創新的夢想，可就得額外驚奇多多了。比如創新到某種程度，你很可能會對有否止盡一事而深感困擾，畢竟「**凡完美者必趨毀滅**」這一英國詩人勃朗寧(R. Browning)

所說中的話，仍舊會如影隨形的考驗著寫作者的續航力：也就是不追求完美則唯恐落後，而追求完美又會擔心被超越，總是驚奇於寫作有這種多餘的煩惱！

又比如創新在理論上也得包括「創造讀者」在內，這樣前章所引布斯語中的「嚴肅作家」才能成形；但他的所謂「**未被人想到在寫作時頭腦裏有讀者**」一事，實際上是在期待符合作家心目中的理想讀者，依然有讀者在暗中引導他寫作。這麼一來，一個人所要的創造讀者就得讓它浮上檯面而廣為周知，以獲取有心人的認同；然而這件事卻又難以如此樂觀！理由是比起柯林烏德（R. G. Collingwood）《藝術哲學大綱》書中所說的「**藝術家必然是精神上的貴族**」或王爾德（O. Wilde）《社會主義下的靈魂》書中所說的「**藝術永遠不要作大眾化的嘗試，而是相反：大眾應當努力使自己成為藝術家**」那種情況，寫作者的貴族化和寫作本身的改造讀者企圖等會遭到更多的抵制。你所得到的可能是不評、拒看和無意推廣等冰冷的回應；致使此後你要更驚奇於類似司馬遷所撰《史記》那樣想「**藏之名山，傳諸其人**」的企求知音，竟是那麼遙遙無期！

上述這些攸關寫作前進能否如願的必

有際遇，有的純屬造化弄人而無可奈何（誰教你今生註定要跟文字為伍），有的則不妨以義無反顧的絕決態度，竭盡所能的衝向前去。其餘就任由行家儘去作「求全之毀」，以及無所貪念世人可能的「不虞之譽」，因為你只有一枝筆，應付不了太多莫名其妙或意外的折騰呵！

衝刺篇

確定寫給誰看

> 如果你能把讀者的身影當成飄散在寫作過程中的一抹香水味，你將會成為一位更好的作家。
>
> ——美國詩人庫瑟（T. Kooser）語

我們寫作所以能成形，關鍵就在於有接受者先被預設。而這接受者可以是特定人，也可以是非特定人。當中非特定人，固然是一羣形相模糊的對象，但也不完全沒有面目可辨，他們依舊有約略的層級範圍，總說是都在前章論及所要創造的讀者一夥。

一般所要創造的讀者，只是希望對方照著自己所期待的方式來接受作品，而比較難以扯上當代敘事理論所推許那一必要肩負「高明接受」或「精密接受」任務的理想讀者形態。後者因為有過度奢求或無從掌控的現實難題存在，所以不如實際點而將它擱置一邊；這樣可談的就僅剩前者此一必定會左右寫作向度的變數。

對於這一點，我們只要想想說話的情況，就可以會意一二。根據法爾布（P. Farb）《語言遊戲》一書的講法，說話是一種交互影響的行為，宛如一場隨興或刻意約定的遊戲。而最重要的是，在遊戲中說者和聽者多少都會領悟到自己所屬語言團體的規則和雙方所使用的策略。因此，說者難免會利用該遊戲來達到某些效應，如誘騙或說服或誇耀自己的才能和博取尊榮或敬重等；而聽者也會乘機或尋隙給予某些回報，如挖苦或諷刺或譴責說者的缺陷和瓦解對方的權威性或神聖性等，以至這種遊戲可以無止境地進行下去。其實，把說者和聽者所會有的意圖綜合起來，就是整體說話所以可能的前提條件。換句話說，說話除了譫妄囈語那種不可理喻的現象，其餘都是「有意而發」；而它的所意，就在上述綜合意圖分布的範圍內。寫作也是這樣呀！它只不過將口說語換成書面語而已。由此可知，上引庫瑟的話，俏皮得形同是帶點甜味的慰語，具體的情境則要比它複雜許多。

依照上述這一語用規律，為誰寫作一事更確切的說法是：我們有了想要凸顯自己或貶低他人的念頭後才會去寫作；而這時所為寫的對象就是一併被設定完成。話是這麼說，但也有可能是先設定為寫的對象，而後才決定要藉所寫的東西來凸顯自己或貶低他人，以至所為寫的對象和所要發用的意圖就在相互辯證中存在，彼此都有可能被對方刺激或夾帶而現出原形（拆開表面包裝後立即可知）。這樣所為寫的對象，就有淺層的特定人或不特定人和深層的相關意圖等面向可從新認知。凡是有志於寫作的人，在建立起步篇所說那些觀念後，想要進一步去衝刺，首要課題就是確立這類所為寫的對象。

以限制作文為例，某縣市曾舉辦國三生作文模擬考，所出的題目是「最感謝的人」，但規定答卷不能寫父母和老師。這讓許多缺乏生活經驗的學生一時窘迫得難以下筆，而事後還引發不少家長和學校教師的抗議聲浪！其實，這有什麼好吵的？這份作文不就是要寫給閱卷者看的？他們不許你寫父母和老師，那你就寫哲學泰斗或開國元勳或民族英雄或各行各業有傑出成就的人（總該聽過一二個吧），將他們的人格或功業予以高度的讚揚，以及勉為其難訴說自己所受的影響（等於在誇耀自己善於仿效學習，這是重點所在），這樣你就可以打動閱卷者的心而拿到高分。很明顯的，只要搞清楚所為寫的對象，就沒有寫不出文章的問題。當然，這類應試文章通常不會有什麼價值，它不但盡屬劉勰《文心雕龍》所說「**為文而造情**」的非美善範疇，並且還因過於通泛而得自行阻絕於世上的傳播管道（否則古來偌多應舉文章也可以編成一部厚厚的文集流傳）。大家心裏記著就好，不必太過認真去揣摩勤練。

至於在凸顯自己和貶低他人之間是否還有第三種情況存在（如既不凸顯自己也不貶低他人之類），就理論來說是可能的，但實際上卻很難寫出那類文章（或不知道寫出那類文章有什麼意義）。因此，只要了悟上述那種意圖優先，寫作就能無往不利。而說實在的，凸顯自己和貶低他人也不過是一體的兩面，差別只在表出時有隱有顯罷了。對於這一潛在道地的「寫作訴求」，還可以更確當或細緻的歸結為謀取利益、樹立權威和行使教化等（三者有時分使有時合使），而它們又為權力欲望所實質統轄。也就是說，謀取利益涉及利益的多沾或多得，可以說是權力欲望的變相發用；樹立權威則無異是該權力欲望的遂行；而行使教化更是該權力欲望的恆久性效應。這也就是行為心理學最常指出的一個命題：一種鼓勵對個人的價值愈高，那麼他採取行動取得這一鼓勵的可能愈大。正因為寫作可以滿足我們的權力欲望，讓我們受到了精神上或物質上的鼓勵，所以不停寫下去才會變成一項畢生的功課。

這在古代寫作風氣尚未大開時，已經頗見端倪了。如「**著書都為稻粱謀**」、「**若無新變，不能代雄**」、「**寫天地之光輝，曉生民之耳目**」等為清代龔自珍、南梁蕭子顯和南齊劉勰所分別說的話，都扣合著上述為謀取利益、樹立權威和行使教化等旨意。到了晚近，西學傳來，文人所遭遇的挑激變多，有關這類心理易動就更頻密且明朗化。所謂寫作「**不過網取蠅頭耳**」、「**藉以廣聲譽，得潤資**」和「**以勸善也，以懲惡也**」等分別見於解弢《小說話》、張宗緒《賴古堂尺牘新鈔》和靜恬主人《金石緣》中的說詞，無不點出寫作跟權力欲望深深地在相靡相盪；而坦白此事並免去從來故作矜持遮掩的新風潮，也正在普遍進駐人心，則是不言可喻了。

顯然今後的寫作，大家倘若能夠妥為循例詳究「確定寫給誰看」的道理（它在轉為「所為寫的對象」說詞時，就變成上述的「淺層是為特定人或非特定人寫作而深層則是為凸顯自己或貶低他人寫作」一義），那麼即使姿態還有待優雅但也一定可以少走許多冤枉路，而自行相準方向快快的開拔前去，在所能預料的關卡上先馳得點。

寫給誰看後的寫作策略

> 寫作是為了改變世界，即使你明知力有未逮……世界會隨著世人看待它的方式而改變。如果你能改變世人看待現實世界的方式，縱使只有一毫米的距離，世界也可以被你改變。
>
> ——美國作家鮑德溫（J. Baldwin）語

確定寫給誰看的立場站穩後，在寫作路上的衝刺緊接著要配備相關的寫作策略。前章說到「即使姿態還有待優雅」，就是另外想關連此項課題，以便所應的那個行為心理學命題看來不致過於刺眼。換句話說，發展具體的寫作策略，在相當程度上也是為了軟化權力欲望所給人可能的嫌惡印象。而事實上，在前篇〈許一個創新的夢〉該章中，早已部署了一個可以跟權力欲望相頡頏的「有益人類文化更新」的想望，預備作為日後寫手外化所能遵循的最高指標。

所謂「有益人類文化更新」，它在切近的意義上是促使語言世界得以「推移變遷」或「修飾改造」，而讓所寫作品的「華國」或「益世」精神能夠顯明宏揚。至於它是否還可以應驗在政治上而成就「建國大業」，或者在歷史推演上被推崇而圓滿一件「不朽盛世」，那就但憑機運而半點不由人了。這是說我們的創新績效，只能到自我所許諾的有益人類文化更新這一想當然階段，而無法再進前臨近強要世界被我們所改變那一實質終點。後者唯一的可能性，就是透過霸權來促成；但這樣反會引起世人反感而遭致被唾棄的命運，最後可能連創新物也難以保存。

有此一文化理想作為前導，相關的權力欲望自然就會減弱，甚至還能加以隱藏而讓人察覺不到。好比以短製聞名的創作，無名氏的〈蓮霧〉詩「嚇，好大的肚臍眼兒」、義大利劇作家肯基伍羅（F. Cangiullo）的未來主義戲劇「舞臺上一條狗慢慢地走過去，閉幕」和美國小說家布朗（F. Brown）的科幻小說「地球上的最後一個人獨自坐在房間裏，這時突然傳來敲門聲」等，所分別以肚臍眼巧喻蓮霧的開口、預告未來人類會像那隻狗般的孤單落寞和企圖引來讀者想像或接寫地球毀滅後的新局面等，都史無前例的新穎了一個常熟的語言世界，而可以被崇拜仿效；但它們背後想要謀利圖存或教化矯俗的權力動機，卻絲毫也沒有露出一點痕跡，真真是

「掩藏得好」呵！

上述這些作品，都是寫給非特定人看的。它們除了有先經傳播媒體守門人的恩准放行一點考量外，其餘就是要純讓廣泛的讀者自由去品賞，而把所感受到的創意另行擴延，一起來翻新恐將再度僵化的語言世界。可見這裏面有選材組構、塑造類型和精簡出示等寫作策略在導引著，它們合而自成一種當次性寫作的模式，暗地裏鈕結或紓解了接受者和作品兩端的通道，可說是「完美的組合」。

所要伴隨的寫作策略，在寫給特定人看的這邊，理當得比較有警覺或緊迫性，畢竟接受者是橫在眼前的對象，你不可能「視而不見」或「漠不關心」！相傳有位作家，寫了一封信給出版社編輯，詢問他的新書稿有無印行機會，他只用了一個問號「？」；對方會意後，回給他一個驚嘆號「！」，意思是久不覆信就表示沒希望，我很驚訝你怎麼還會多此一問。這類頗具創意的表現方式，就是彼此通透對方的品味雅興後而採行的。它從作品構思到實際被閱讀的接受端，早已經過了縝密的設計，以至它連帶所期待的「影響」效果，就比預設非特定接受者那種情況要有可能實現。

策略，總說是一個可行的方案。它所要計慮的是目標設定、執行方式和效應預估等成套的辦法，而以能達到所想望的鵠的為圓事典範。因此，有關「寫給誰看後的寫作策略」的擬定，也就得有這一相似的方案備著，臨到寫作時才不致慌亂敗興或自打折扣怯場。

古人很喜歡講些「若無新變，不能代雄」一類的話（見前章）。如劉勰《文心雕龍》說的「文律運周，日新其業。變則其久，通則不乏。」、顧炎武《日知錄》說的「一代之文，沿襲已久，不容人人皆道此語」和王國維《人間詞話》說的「蓋文體通行既久，染指遂多，自成習套。豪傑之士亦難於其中自出新意，故遁而作他體以自解脫。」等，都是有感於所欲影響對象的眼界不能被低估；而要親身踐履，則背後當然得有相應的策略，所寫出的作品才不會庸劣犯低而兩頭落空。也因此，上引鮑德溫的話明顯還缺一半，必須等我這裏說全了，知道為何要創新，以及如何去創新後，它才能獲得彌補。

一位對此類課題素有研究的論者，名叫派佛（M. Pipher），在她的《用你的筆改變世界：如何寫出撼動人心的好文章？》書中提到，寫作者可以從圈內人、局外人和善意批評者等立場來發揮；但不論採取那一種立場，有時還是不免要為某些特定事項感到為難:「究竟超然和涉入要怎樣拿捏？在敘述我們的反應時，到底會讓讀者更感動，還是會讓他們對我們的客觀性存疑？立場如此超然是否會讓讀者覺得我們很冷血？」其實，這些難題都有待寫作策略的完善化予以克服；不然也得以創新性的寫作來領航，而暫且將該但屬「低一層次」的困擾糾纏擱著不理，使得整體寫作可以圓足或順利的告一段落。

選擇題材的相應性

> 通情達理的人會遷就自己以適應世界；頑固的人則堅持讓世界來適應自己。所以一切進化非依靠頑固的人不可。
>
> ——英國作家蕭伯納（G. Bernard Shaw）語

明白權力欲望和文化理想對寫作進一步所構成的雙重制約力後，相關的寫作策略就會因為潛藏的目標有著落而很容易擬定成形。至於淺層所為寫對象現呈的顯明目標，則由於在首度的計慮中已經進駐了寫作的前沿，所以它的功能得轉成被創造而一併受到寫作策略的保障，這就不必多說了。

此地想接著發微的是，繼寫作策略的擬定後，最先要預為寫作衝刺所需資源的題材選擇。倘若說寫作策略有如一輛發動引擎的貨車，那麼選擇題材則是挑來物品給予裝填，讓它可以有名目開往目的地。這時所挑來的物品能否恰切妥適，則又成了另一門學問。上引蕭伯納的話，所切分的第二種人，很可以廁入創新寫作者的行列。他所說的頑固，未必如字面的意思，而是比較像有所執著理想的代稱。因此，為了進化而讓世界來適應自己，此中所得付出努力代價的就非同小可了。所謂的題材選擇，無非就是要比照這類，而以最相應創新那一途徑為所「頑固」予以堅持，事後的寫作成果才可望滿全豐盈。

依前面〈確定寫給誰看〉章所鋪展的理路，寫作多半是從意識到要凸顯自己或貶低他人而開啟的。這裏頭的貶低他人，是因為凸顯自己的不可避免；而凸顯自己也就是為了遂行權力欲望，及其連帶可以實現文化理想。致使所要關涉的取材，在表面上就會比逕行凸顯自己那一情況多些轉折。換句話說，貶低他人最有可能加入攻詰謾罵的題材，導致整體寫作烏煙瘴氣而令人厭棄。此刻想有所轉圜，就得慎選題材而快速接上創新一路，才能確保寫作本身的高格化。

大家知道，日常中直接性的攻詰謾罵，不但缺乏蘊藉美，而且還是在道德上有匱缺的「弱者行為」。好比美國前總統柯林頓（B. Clinton）所說的「**緊握拳頭其實是無力的一種表現**」，人在攻詰謾罵的當下，無不顯出一副怒目掄拳想吞滅人的樣子，而這正表徵了他內在的空虛感，沒有更好的情緒發洩管道，才要出此下策。再說加諸別人身上這種象徵性言語暴力，在侵犯對方的那一刻，自己也因觸犯道德規範而丟盡了顏面。

韋津利（R. Wajnryb）《髒話文化史》一書中不就著錄了一個活生生的例子：美國影星夢露（M. Monroe）在英國拍攝《遊龍戲鳳》一片時，該片男主角奧立佛（L. Olivier）毫不掩飾對她的不屑。一天奧立佛對夢露吼道：「幹，你難道就不能準時一次？」夢露則甜甜的回答：「喔，你們這兒也有這個字呀！」這以四兩撥千金的方式讓攻詰謾罵者無地自容，的確是高招；而它的附帶功能，則無異又掀揭出奧立佛隱藏的淺陋情節！正如韋津利所論斷的：夢露跨出規則範圍，去除那個粗話字的魔力，而直接加以回應，但因對方沒有能力再接詞而最後不得不自動敗下陣來。這不就是對攻詰謾罵者所陷入道德盲區的最好警示嗎？因此，在寫作中要引進類似自曝短處的題材，也就得「三思而後行」！

嚴格的說，絕大多數的寫作創新，都得從競比中找出自行高明的竅門（也就是前篇〈許一個創新的夢〉章所說的依靠「製造差異」來顯現殊異），以便有個對照系足夠作為選材參酌的依據。就以接續前節所論的課題來說，寫作要貶低別人以為凸顯自己，如在選材涉及反恨這種道德觀的，就可以有差異性的例證方便汰取。好比美國教育家華盛頓（B. T. Washington）說的「**我絕對不能讓人令我恨他，因為那只會矮化我的心靈**」和好萊塢影片《教父》男主角說的「**千萬不要恨你的敵人，這會影響你的判斷力**」，兩相比較，顯然後者更具蘊蓄衝擊力道，而值得優先被考慮仿用。也就是說，相較前者的抽象辯白，後者能用具體事例（會影響判斷力）傳達反恨原委，可以啟發人轉為解除疑竇，以及增添前者所缺少給人「猛地一驚」的頓悟效果。這種創意，是透過對比才顯明化的（否則就難以辨認它的創意所在），寫作者自當從中領會進趨的途徑，俾便創新性寫作能益臻勝境。

此外，別有事涉知識度和美感力等選材的，情況也無不相同。例子如盧梭（J. J. Rousseau）《社會契約論》說的「**人生而自由，但卻處處都在枷鎖中**」和金格隆（F. Zingrone）《媒體現形：混沌時代瀕臨意識邊緣》說的「**自由是另一種形式的奴役**」，以及馬松（L. Masson）《依卡洛斯或旅行者》說的「**我聽見自己閉上雙眼，然後張開它們**」和納博科夫（V. Nabokov）《幽冥的火》說的「**我偷聽自己醒來，半個我還在沉睡」等，在認知上，盧梭的自由觀常見而保守（意思是人渴望自由卻難得如願），金格隆的自由觀罕見而基進（意思是人勤於追求自由會反被自由所奴役），彼此雖然都可以使人增長智慧，但前者的消極指陳卻遠不及後者的積極刺探來得有警惕人心的作用；而在審美上，馬松詩的隱喻技藝鬆弛而平板，納博科夫的隱喻技藝緊要而奇巧，彼此縱使也都能夠激起人的純粹感興，但前者的更易聽見範疇卻大不如後者的牽動偷聽領域要深具有發散力（也就是偷聽自己醒來，好像發現了天大的祕密，快悅會傳染給人；同時偷聽的奧妙，經驗可以內化，如「偷聽蝸牛在傳達什麼」、「偷聽水在唱什麼」、「偷聽那對不講話的小情侶在嘔氣什麼」和「偷聽我便當裏的雞腿在抗議什麼」等，依此類推，逸趣橫生可至於無窮。而這在馬松詩中，就發掘不了有這種好處）。

據此可見，取材的範圍可否自由伸縮，關鍵就在這類為顯現新意的抉擇上；而整體力求創新，也就是要給所為寫對象的核心價值所在。所謂「選擇題材的相應性」，到這裏終於可以統整意見；而前篇〈從起點到終點的塑形〉章所遺留如上相關問題，也等於一併給了解答。

文體文類得一併配置

抗議歌曲並不好寫，因為很容易流於說教和自以為是；你必須讓每個人發現自己身上從未留意到的一面。

——美國詩人狄倫（B. Dylan）語

取材以能顯現新意為原則，而後可望給所為寫對象提供道地的創新此一核心價值，再來的寫作衝刺就得選用合適的文體文類來進行包裝，相關的題材及其獨特蘊意等才不會「沿途散落」或終嫌「亂無章法」！

當今的網路世界，最特別的地方在於有篩選器這種推薦及其他搜尋信息的輔助工具。它的技術和服務，可以過濾五花八門的資訊，挑出最合你意的項目。致使撰寫《長尾理論：打破 80/20 法則的新經濟學》一書的安德森（C. Anderson），不禁要徵引網路專家瑞德（R. Reid）所說的話「**在選擇無限的世界，架構，而非內容，才是真正的主宰**」，來證明它能夠帶來更廣需求而造成商機無限的長尾效應。這裏所指的文體文類，就彷彿篩選器，它的仲介性已經成了讀者選擇文章閱讀的導覽層；沒有了它還真不方便從事有效的接受活動。

比如大家會相互詢問「你喜歡散文還是詩或是小說呢」、「你看戲劇真的有娛樂的效果嗎」和「你覺得哲學家說理太多會不會瘋掉呢」等，當中所謂的散文、詩、小說、戲劇和說理等，就是一個個抽象的架構。透過那些架構，我們才能指稱談論相關的對象而得到一些類型概念。

上面這些抽象的架構，總稱為文體文類。文體是以人體為類比項；人體有深具思感等能力，而文體也有內蘊情事理等質性。這些質性，依實際位差可區分為抒情性文體、敘事性文體和說理性文體等。而各文體又有所隸屬的次類型，就逕稱作文類。如抒情性文體有歌謠／童謠、抒情詩／童詩和抒情散文等文類；敘事性文體有神話、傳說、敘事散文／故事、小說／少年小說、戲劇／兒童戲劇和童話等文類；說理性文體有對象說理文、後設說理文和後後設說理文等文類。依此類推，還可以有次次類型、次次次類型和次次次次類型等（如上述文類，大多能再區分出前現代、現代、後現代和網路時代等次次類型，而次次類型後面還有次次次類型和次次次次類型等可劃分），以至於無窮。這就有從高度抽象架構到中度抽象架構到低度抽象架構的光譜發展現象。凡是想進入寫作天地的人，也無不需要先熟悉這類範限，在運用既有架構或別為創新架構上才有一個足夠依循的參照系絡。

這類架構「制約」雖然不是絕對的（因為還有突破架構或超脫架構一途），但在你尚未有能力自行創新的架構前，既有的架構仍有相當程度的可利用價值。因此，當你所選定的題材適合以抒情性文體來表出時，就別貿然攪入說理性文體搶風采而給自己惹麻煩。就像上引狄倫說的話，抗議歌曲適合多藉意象間接抒情，以便能宛轉且長久的感染人心；倘若改以直接說理，就會讓訴求太快露白而容易留予人你愛說教和自以為是等不好印象。後者這種跟讀者普遍有的「類型期待」相悖的情況，應該足以引發寫手暗生警惕而常思改進的決心。

可以舉一反三的例子，如美國詩人康明思（e. e. cummings）曾經說過的話：「**當你和我都具有雙唇和聲音，／可用來歌唱和接吻，／誰還會去關心／那個無聊的傢伙發明了度量春天的工具？**」這在形式上是用了抒情性文體中的「詩」文類，讀者應當不難意會得到；但它的內裏卻亟欲跨向美感不類的說理領域（也就是頗有警告科學別來強暴繆思的意味）！這樣整體給人的感覺，詩句是極盡巧喻的能事了，但所要抒發的「純純的愛」這種情感，卻反被它自己強為換詞而稀釋掉，可惜浪費了一種好文體！

抽象存在的文體文類（一般泛稱的抒情文、記敘文和論說文等，就是指文體；而特稱的詩、散文、小說和戲劇等，就是指文類，它們相對具體的作品來說都只是像架構或制度一樣抽象性的存在），在實際寫作上要連結題材的組織安排，有一點很值得注意，就是它的可指稱性要求；否則就得將它列入模糊地帶而予以「存而不論」。正如孔子的語錄《論語》和尼采（F. W. Nietzsche）的自傳《瞧！這個人》二書所顯示的：後者理應是敘事性文體，但它從頭到尾卻都在後設論說「為什麼我這樣智慧」、「為什麼我這麼聰明」和「為什麼我會寫出如此優越的書」等一類自吹自擂的課題；而前者也理應是說理性文體，但它卻又嵌著底下這些趣味盎然的文字：「子之武城，聞絃歌之聲，夫子莞爾而笑曰：『割雞焉用牛刀？』」、「（曾點）曰：『莫春者，春服既成，冠者五六人，童子六七人，浴乎沂，風乎舞雩，詠而歸。』夫子喟然歎曰：『吾與點也！』」這都無法自顯文體的方便指稱性價值，只好讓它們在討論文體的議題上缺席。

前篇〈從起點到終點的塑形〉章所說的「所用來包裝的文體文類是要沿襲舊有還是別為新創」，就是專指上述有可指稱的部分。它在自我評估想別為新創的時候，特別要考慮「有意凸出以取勝」的秘技或規律。就像《紅樓夢》恣肆融匯詩詞曲賦等中國傳統所能見到的品類，以及納博科夫《幽冥的火》一網打盡詩、小說、評論、注解、戲劇和索引等西方當代所能觸及的類目，它們的刻意創體以顯能，早已分別成就了中西小說「顛峯之作」的典範。今後的寫手們，何妨就近勉為取鏡，以便異日能再造獨擅斯世的盛大風華。

布局還有形式技巧風格要考量

沉迷於資訊、網路、媒體、報章的人，多半都吞嚥不下這個觀念：要把垃圾從人的大腦中移除，知識才可能進駐。

——美國作家塔雷伯（N. N. Taleb）語

要衝刺寫作，除了穩住確定寫給誰看的方向、連帶擬妥必要的寫作策略，以及選擇相應的題材和一併配置可以相得益彰的文體文類等，此外就是實際落筆所會遇到攸關藝事課題的解決，而這首要的乃在布局時所得考量的形式、技巧和風格等。這是所寫作品實質呈現立見真章的部分，鮮少有人能對它不以為意或草率帶過而還可以博得行家的讚賞。

現今有某些寫作老手常輕佻回應初學者的提問，而不免製造誤導或轉移焦點的反效果。如有人請教美國詩人史岱佛（W. Stafford）每天寫一首詩的秘訣，他回答說：「很簡單啊，把標準降低就行了。」至於要怎麼做或該朝那個方向努力才能成為一名作家，對於有此類疑惑的新人，美國歷史小說家凱瑟（W. Cather）則是這樣建議：

「當作家很簡單，只要割破一條血管，把血滴在每一頁稿紙上就行了。」還有如果仍有人不死心，一定要問「你寫作的靈感怎麼來的」，那麼一位名叫凱達（M. Cader）的雜誌發行人也代作家們擬好了答案：「灌杯苦艾酒下肚就有了。」

類似上述這些無厘頭且愛促狹捉弄人的言語，看多了本可以見怪不怪，但它實質所缺乏「善於告知寫作門道」的嚴肅意義或啟發功能，卻不能隨便苟同而任由它混淆視聽。換句話說，要嘛老實傳授一些寫作經驗給新手；否則就閉嘴不語，別淨說無關緊要的閒話悅己愚人，畢竟這世上不會因為沒有那些戲謔式的演出而減少大家自勵奮勉向上的心。這也就是上引因撰寫《黑天鵝效應》一書聲名大噪的塔雷伯語中所要比照體現的精義：只有拋開或遺忘那些無助於成就志業的資訊，而讓有用的進益圖像形現，寫作才能開啟而快速上路且有所斬獲。

當中有關形式、技巧和風格等要如何部署安置，就是此中所得細密籌畫的地方。它在整個衝刺寫作的過程，各人尤其要保持清醒，真正嘔心瀝血去計慮且盤算好所要完成的樣態，屆時美國另一個作家哈斯（R. Hass）所說的「寫作苦，不寫作也苦，唯一能夠忍受的狀態就是剛剛寫好的那一刻」那種末端滿足才可能到來。

在理論上，形式、技巧和風格等，是文體文類內蘊的次級概念。它們分別指「組織題材的樣式」、「表達思想情感的方法」和「作品特具的藝術形相」等，為文體文類所容受或必備的質素或成分。此外，倘若想另外賦義，那麼像亞德烈（V. C. Aldrich）《藝術哲學》、門羅（T. Munro）《走向科學的美學》和韋勒克（R. Wellek）《文學理論》等書，所為它們全部「升級」而讓它們都帶有審美意涵，那類嘗試也沒什麼不可以。只是它們在被多方實踐後，也已經有足以統攝條理化寫作經驗的類型或模式可說（雖然它們都是次級性的），這就不得不再回返此地所給的中性定義，才有繼續論說的空間。

所謂「已經有足以統攝條理化寫作經驗的類型或模式」，可舉要的包括形式方面有意象／事件／道理、技巧方面有比喻／象徵／演繹和風格方面有優美／崇高／悲壯／滑稽／怪誕／諧擬／拼貼／多向／互動等，這都「洋洋大觀」的在寫作史上成形、演進和旁衍發展等，實在不是簡單一句教人動手去寫或抓住就寫所能應付裕如。

不過，話說回來，事情也不定要把它想得有多嚴重，這些牽涉寫作能否成形的課題，仍舊可以在不斷摸索中逐漸清晰化；一旦具備有相關觀念且願意勤快寫下去，所有的疑難雜症都會被診察出來而自行予以化解（至少本書抵達篇各章將要提供的諸多具體的技藝，就很可以幫助初學者省去盲目探路的煩惱，而在寫作路上有多一點晉身稱意的餘地）。

前篇〈從起點到終點的塑形〉章所指出的「相關的形式技巧風格如何安排」，基本上是到了這裏嚴格的考驗才要開始。我們可以想像：沒有無形式的作品，也沒有不需技巧和風格來撐起作品就會有特殊性。而究竟要摶就何種形式，以及運用什麼技巧和營造那一風格等，就成了最是眼下的難題。這都是屆臨提筆作文時刻才重要起來，平時少儲備應有定量知識的人，勢必會心慌意亂而遲遲動不了筆。

比如說，要表達對師道的另類敬意，古希臘文藝理論家亞里斯多德（Aristotle）說的「**吾愛吾師，吾更愛真理**」、近世德國哲學家尼采說的「**始終聽話的學生是最對不起老師的**」和當今美國科學家卡若瑟（T. Carruthers）說的「**老師要讓自己在學生面前愈來愈不重要**」等，它們雖然都採用說理的形式，但亞里斯多德的正面推演就不及尼采的反面推演來得技高一籌，而尼采的反面推演又不及卡若瑟的重提輕放式推演再精采翻倍；而彼此的風格，一悲壯一滑稽一諧擬，各自隸屬於類似前現代、現代和後現代等美感範疇，則又越後出越擅勝場。很明顯的，這在寫作上要表現的，全是關於學生得優於自我教育的道理（這樣文化的創新才不致中斷；同時對於敬師首重能夠「精益求精」的真義也才有機會彰顯）；而它所為寫的表層對象，則是所有應該正視此類超級啟蒙課題的關係人（包括教師、家長和教育官員等）。但內裏所選用的技藝及其亟欲形塑的格調，卻又各有千秋，不啻為上述的難題說揭開了一點邊幕，大家無妨再深入去窺看實況。

範例就先說到這裏，其餘則等到抵達篇各章再隨機舉證。這是緣於形式、技巧和風格等課題可以萬般複雜，而為各種理論書所敘說不盡，此處受限於體例和篇幅等，當然不便再岔出去搶論比能；但後續凡是涉及各體類文章完篇計議的，那就必要應時挺進而有一番說詞。

字詞辨正重點在有無創意

當詩人處在靈光乍現的心境時，世界顯得很大方，對他吐露芬芳。

——美國美學家海德（L. Hyde）語

慮度到形式、技巧和風格等該一階段，可以說已經總綰了寫作的大要，剩下來就是一些枝節的問題。這些問題，當然不比前者能夠把「確定寫給誰看」、「寫給誰看後的寫作策略」、「選擇題材的相應性」和「文體文類得一併配置」等環扣有效的融攝進來，但它們也並非法度外可有可無的項目，而是具體寫作行動所得一併計及的對象。在這裏，就先談一個字詞辨正的問題。

字詞辨正所以是衝刺寫作所得連帶考量的變項，乃因為有未經辨正字詞的情況或辨正字詞未精的經驗前例在妨礙著，不藉機給予舉示，恐怕還有一些寫作的小噩夢會纏擾著大家。而大體上，字詞辨正固然是要讓表義順遂得體，但有關作品修飾美化的效果也得靠它來完成，以至所該受到重視的程度理應不能太低。這是任何一個寫手，在經過前幾章所說眾謀略的思慮後，必要再歷此一役，才能將寫出的勝利品無瑕疵展示在他人眼前。

縱是如此，字詞辨正的字面義「辨別選字用詞正確與否」，可能還會有脫略或貽誤，寫作者在自我調適上仍得審慎應對，以免徒勞無功或反過來弄巧成拙！首先是寫錯字和用錯詞所會遇到的辨正，不宜無視於一個「慣習約制」和「範疇差異」的事實。如當今俗寫多有違原用字的情況（好比明堂寫成名堂、從頭寫成重頭、了解寫成瞭解、熱中寫成熱衷、函蓋寫成涵蓋、楬櫫寫成揭櫫和備感寫成倍感等），但都已經「音誤成真」和「形誤成真」，強為更改反不被諒解認出。這就是慣習約制的結果，在字詞辨正上，不妨彈性對待，免得因無謂膠著而害事！

又如一般不明究裏的人常指責別人寫作不遵守用詞規範（好比幾年前有位李姓女立委拿著上面寫有「山經過一片雲」、「我的弟弟長得欣欣向榮」和「打開門，我家的狗對我突飛猛進」等詞句的小學生作文簿，嚴詞厲色的質詢教育部長，說你們的師培教育怎麼搞的，居然產出了儘教這種反常造句的師資。那盛氣凌人的模樣，讓人看了嘆息不已），殊不知用詞有認知、規範和審美範疇的不同，它所違反的那個範疇，說不定恰巧是另一個範疇大為允許的，彼此不能互譴是非（好比上述「**山經過一片雲**」一語是擬人兼換位，而「**我的弟弟長得欣欣向榮**」和「**打開門，我家的狗對我突飛猛進**」二語則是同為隱喻兼成語新用，都有雅致諧趣的審美效益，不好僅以不合認知習慣而加以詆斥）。因此，在辨別字詞的適用度上，大家還有得先詳為評估範疇差異而後再行抉擇汰取的餘地。

其次是遣字造詞要經由辨正的程式，也應該透過一個不可取代的「基本原則」來管控，才不致發生「亂槍打鳥」或「誤觸機關」的荒唐情事！而所謂基本原則，在遣字方面，乃是指錯字只要不干辨義作用的，就任由它去誤寫變正（除了上面所舉的名堂等例，還有一些增減筆畫而無礙表義的情況，也同樣可以容受）；不然就得老老實實的把它寫清楚（如亨／享、毛／手、未／末、考／孝和崇／祟等，各組都不能混寫，否則就會失去可以辨認意義的作用）。

至於在造詞方面，則是指所需詞必要以認知（有真假對錯可說）、規範（有善惡好壞可說）和審美（有美醜妍媸可說）等性質來權為分立。這樣如有人寫出類似「**他對社會的貢獻真是罄竹難書**」、「**祝你老人**

家音容宛在」和「希望你精神不死」等看似怪異卻可能實有情境在的語句，也才有存活的空間，因為它們不但沒有違背語法規則，而且還巧為創新了「以變通成語為能」的隱喻手法，即使不給予讚譽，也不合強派它們的不是。

再次是到了終極端，所要辨正的字詞，當以能符合「可用／管用／美用」的高度效益為檢驗依據，而不便再回過頭去耽溺一些舊有僵化或片面的規矩。好比韓波（A. Rimbaud）的詩「星星在你耳朵深處玫瑰色的哭泣」、波特萊爾（C. Baudelaire）的詩「太陽在自凝的血泊中溺斃」和鄭愁予的詩「我達達的馬蹄是美麗的錯誤」等，它們所刻意悖離認知性和規範性而體現審美性的選詞，一定是在思考它們「確實可以用」、「也真是管用」和「到底美用了」等一系列心境變化中而形現的。我們雖然無法重現它們的醞釀歷程，但從最後的成案來看，上述的力求審美功用，很難不在詩人的體驗範圍。

談到這裏，一個有關字詞辨正的最新模式終於成形了。也就是在消極面上看它有無錯誤，而在積極面上看它有無創意。此一終止於創意察覺的字詞辨正，為的是要把章標〈字詞辨正重點在有無創意〉的微旨一舉托出。換句話說，由於有創意需求的終究定調，所以字詞辨正才著實能晉升到「非有不可」的地步。

好比有個例子：一天，我在臺東火車站候車，看到一名年輕人身穿背面印有「**幹！綠島很熱**」幾個大字的T恤，當下直覺這件文創產品也太沒有格調，畢竟說綠島很熱已是白描，再加上赤裸裸的爆粗口更顯示它不善於修飾。而為了對比該文案的拙劣，我的辨正則是轉為代它設想質近卻新穎別致的句子，如「**我的眼睛在綠島冒汗**」、「**火燒島給你蒸過的熱情**」和「**夏天用火籠疼愛綠島**」等。倘若字詞辨正都能夠仿此途徑開展，那麼它對寫作來說就「功莫大焉」，而值得我們花費同等心力去為它「謀個位置」了。

上引海德語中的「靈光乍現」，正是專許給寫手們的特權，將所有可能的創意都歸由它來發動；而這世界理當也要大方一點，以不吝對它「吐露芬芳」作為回饋，讓創意獲得鼓舞而可以生生不息！因此，守護一條創新路，而不被教條或其他不當權威壟斷，也就成了字詞辨正所以必要的最深緣由所在。

美感要求決定標點符號的運用

上帝給你第一個字，以後就是你自己的事。

——法國詩人范樂希（P. Valéry）語

文章寫成後，最目視可及而不必費心辨識的是標點符號的呈現狀況。這比字詞組合還顯著要被立即性的關注，只因為它在眼中出現或跳動的頻率特別高。雖然如此，在它的運用也要成為衝刺寫作所得同時討較的對象，卻有一個隱藏著的心結尚待解開，不然後續的談論難保不會「引喻失據」或「未中肯綮」！

純屬枝節性的標點符號安置問題，所以會造成使用者的心結未解，主要是它並非中土社會原所欠缺，普遍對它何以有殷切需求性一理不明；加上它自西方傳入後未經國人妥為研習，以至輕率採行「用不精確」或「體會欠深」的情況屢見不鮮，最後不免要為它是否還有長存價值而苦惱傷神！上引范樂希說的話，其實也包含了西方人所信仰的上帝還短少給他們標點符號這種輔助性工具，而得勞動他們自己去創發。就緣於這一創發，中西文化也隨著朗然的異轡分驅或各行其是。只不過少有人深透這當中質距的原委，致使上述的困惑始終在眾人心頭徘徊不去！

在我們傳統歷史上，由於一開始就盛行方塊字，義隨字行；而組成句子後，語義自然連接，一樣釐然可解。這樣大家已經可以從上下文予以認取字義，當然也就毋須另加標點符號來自添麻煩。唯一有求於簡易句讀和勾識襄助的，只有在閱讀時為方便斷句或暫停註記作用，其餘就都無所借重或需要深為倚賴。因此，古人凡是有關心此類課題的，也僅止於作現象說明，而未嘗廣為長篇大論。如何休《公羊傳解詁》、許慎《說文解字》、孔穎達《禮記正義》、湛然《法華文句記》和毛晃《增韻》等，都只見隨文兼及句（。）讀（、）勾（√）識（ꟽ）等敘述記要，此外則全不措意。

影響所及，即使晚清西式標點符號傳來，有張德彝《歐美環遊記》一書的率先引介、嚴復《英文漢詁》一書的示範橫排並加新式標點，以及刊物如《科學》《新青年》的接續仿用和民初教育部頒行標點符號的用法而推廣於全國等，使得西式標點符號彷彿成了時流的新寵，但大家還是不覺得此中有什麼了不得的學問。如今類似楊遠《標點符號研究》、譚敏《全方位標點符號入門》和林穗芳《標點符號學習與應用》等一些總束集成性濃厚的專書已經繼為進駐坊間，試為開啟鑽研標點符號的風氣，也依然引不起國人多少熱情前去瞧個究竟。似乎一切的書寫，當事人只要知道「記得另加標點，別被嫌棄」就好，管它還有那些大道理未被深究！

如此一來，標點符號的運用在衝刺寫作上就不見得是一個需要加碼留意的對象。但又不然！西式標點符號的出現，還是可以深化我們對文化差異性的察覺，以及在不得已仍要藉使的狀況下慮及如何將它轉為成就「美飾」的效果等，這些反而會比其他課題來得有「及早予以解決」（以免後悔）的迫切性。

就深化對文化差異性的察覺一點來說，大家將會發現：標點符號在以印歐語系為主的音系文字為絕對必要；而在現今為漢語系所專屬的形系文字則不需要或未必需要。西方人所發明的標點符號，用於他們的音系文字（文字是紀錄語音的），可以定音、定義、定語氣、定敘述和定思維方式等所有表達行為；漢民族原來沒有標點符號，僅見的一些點畫表記也不過是藉為輔助斷句易讀防忘罷了。因此，回到各自的來處，有標點符號的書寫根源於為紀錄有時效性的語音而偏向時間化；無標點符號的書寫則根源於方塊字自為形體化而偏向空間化。前者在切割音、義、語氣和敘述等而發揮語法功能的同時，也正向成就了音律思維方式；後者缺乏標點符號，則形同反向音律思維方式而成就了圖像思維方式。顯然標點符號可以進一步用來區別異系統文化，而使得它又具有文化功能。換句話說，有標點符號的是信守上帝創造萬物的西方創造觀型文化使然，它的順從上帝造物各異的理則（對所稟自上帝的語言能力中必須說話「音音判別」的在意），委實清晰可辨；無標點符號的則是信守精氣化生萬物的中國傳統氣化觀型文化使然，它的仿氣流動而造字表意，一切都有如線條漫布空中，畫意十足可感。然而，這在後者一個多世紀來移植前者的書寫模式後，整個漢語世界中的人就不斷地發生圖像思維／音律思維的糾纏、空間化／時間化的混淆和氣化觀型文化／創造觀型文化的衝突等病癥，至今還不見有什麼好辦法可以改善這種「中不中，西不西」的怪現象。因此，有關標點符號的應用，只要約略依個人習慣支配就好，不必特別強調或苛求它的什麼「正確用法」，因為我們的語文本來就沒有此一規矩。

就轉為成就「美飾」的效果一點來說，西式標點符號既然已經進入中土社會李代桃僵或異質僭越而難以排除，那麼為了表示我們還有潛藏的善為轉化能力，無妨就把它所可以美化修飾作品的效益儘量衍展出來。好比今人作文有一逗到底或頻繁加句號的現象，以及併列多種標點符號（如疊加驚嘆號和問號，或者一格內驚嘆號和問號並用）和同一種標點符號連續多次使用情況等，都會降低外觀上的美感成效，這就不好再自作主張而重覆現醜。我們看美國詩人狄金蓀（E. Dickinson）〈紫水晶的回憶〉一詩頻用破折號的模樣：

我手握一顆寶石——
然後就寢——
那日天氣溫暖，清風拂面——
我說「它將不會消失」——

醒來——我嚴斥老實的手指，
寶石不見了——
如今，一個紫水晶的回憶
是我僅存的所有——

這在原作可能有延聲動聽的功效，但迻譯成中文後卻感覺十分礙眼，怎麼看都美不起來！可見堅持為美飾效果而來繼續運用標點符號，仍會是今後寫手們不可輕忽的一項附帶功課。這也就是章名〈美感要求決定標點符號的運用〉要這般定位的旨意所在。

段落篇章彈性處理

就像烏賊，用了許多詞彙來解釋事物的人，其實是將自己隱身於墨汁之中。
——英國自然主義者雷（J. Ray）語

還有一個關體且同屬枝節性問題的，就是段落篇章的處理。這在形式、技巧和風格等早經設定的前提下，僅為一併想及而非預先全程籌畫確立；以至一般所說的「謀篇布局」，就不當指這種狀況，而是前幾章所提及的那些算計。換句話說，段落篇章是其他環節都弄妥後，才會連帶被考慮，它們在相對上比較不具備獨立性，也沒有重要到會左右作品的成敗。

縱是這樣，段落篇章也不全然得被一味的低估，它們還是有理論和實務可以觀照體現的空間。而這不妨從它們互為形現作品的性質談起：大略上，篇章是作品的整體外貌，段落是作品的部件或切片。部件或切片為整體外貌所統轄，除了見於現代超現實作品或後現代語言遊戲作品或網路時代超鏈結作品，因新擬紛亂的潛意識流動或時興解構思維自娛而有不成篇現象，其餘應該都是「有機的組合」，將作品作一個具起承轉合關係的語意連結，而自顯一種活物價值（也就是作品有被賦義和被解義等雙重生命潛能，完全不同於無意義符號的碎雜拼湊）。由此可知，作品是到段落篇章顯象化後才有具體的形製；而該段落篇章也因此隨著取得了可被「參錯討論」的身分證。

尋常所見的一些次文類劃分，往往起因於有這裏的概念先行（或說是權以這裏的概念為依據）。如短論／長論、抒情詩（短詩）／史詩（長詩）、微型小說／長篇小說、敘事散文／小品散文和獨幕劇／多幕劇等，無不兼取則於文章篇幅大小的規範（所分段落的數量自然涵蓋在內）。而由這點反觀，有關段落篇章的處理，顯然也要變成衝刺寫作一事所不宜強為略去的課題。

不過，為了客不僭主或非關鍵化因素，這種摻雜處理得更有彈性。好比喬伊斯（J. Joyce）的超現實小說《尤里西斯》中有橫跨四十多頁不加標點的書寫，旨在彰顯內心獨白的意識流特性，它不但一舉唾棄固有邏輯和文法的準繩，而且還同時擺落了一般段落篇章範式的拘限。這是因應文體所需而刻意如此展現的，大家不能回返來訾議它的不是。又好比王鼎鈞的散文集《意識流》，固然仿效前者的意味濃厚，但它的隨興布列文句，沒有特定篇章可掌握，也不別為詳加分段，只是一如書名那樣純任思緒蔓延著，毋乃自創出了散文寫作的新風貌。這同樣也有道理而可以准它如此搬演，旁人仍舊不必大費周章在那裏指東道西。相仿的，只要我們有需要，也無妨像這般「視段落篇章如無物」，而社會自有公評。

另外，它的彈性處理，在更切要的層面最好是跟運用標點符號一樣，能夠藉來美化作品。而這就有兩個面向可說：第一，篇章是一個完整表意的單元，而此單元不論是高度短製還是超級長篇（前者如無名氏一篇僅兩句的科幻小說「**他醒來的時候，恐龍還在那裏**」；後者如普魯斯特《追憶似水年華》長達數百萬字的現代派小說鉅著），它在完了表意的過程中要再切分段落或次篇章，當以能否相同符合「美感要求」為準的。這是說切分段落或次篇章，應有區別語意的作用；否則隨便處置段落篇章（這在時下最常見的是屢以一二句佔一節次而漫無分段的標準），勢必會減損作品外觀及其意義方便被尋繹的美感成分。這在小說此類多對白的作品中最要注意它的「貌美與否」。好比海明威（E. Hemingway）《老人與海》書內有這麼一段：

> 老人說:「這樣的潮流,明天一定會有大收穫。」
>
> 「你準備去那裏?」孩子問。
>
> 「去很遠的地方,等風轉向後再回來。我要在天亮前出海。」
>
> 「我要想法子叫他也到遠處去打魚,」孩子說,「那麼你如果真的捕到大魚,我們還可以幫幫你的忙。」

這樣交錯使用四種對白樣態的呈現方式,不管是否禁得起敘事理論的檢驗(因為裏面有未遵守單一敘述觀點的嫌疑),至少已經極盡變化對白設計的能事,遠比只知單式應付那種情況要美觀且有韻味,足堪為小說寫作的典範。

第二,由幾大段落組成一個篇章,它所以必要,是跟語意的「遞進」或「分延」有關;反過來所要表達的語意只有少許,而不必予以漸次推進或散開包夾,這時如果強分段落或增衍篇幅,那就會成了虛胖或贅飾的表徵。好比現代派前期所見的意象詩,有類如杜立達(H. Doolittle)〈暑氣〉一格的:

風啊，撕開這暑氣
切開這暑氣，
把它撕成碎片。
在這種稠密的大氣裏，
菓子無法下墜——
暑氣上壓而磨鈍
梨子的尖角，
也磨圓了葡萄，
菓子無法落下。

切開這暑氣吧——
犁開它，
把它推向
你路的兩旁。

這曾被詩人余光中的《掌上雨》譏評為全詩只隱喻了一個密不透風的暑氣（需要風的刀來切開它），膚淺而不耐人尋味。所謂膚淺而不耐人尋味，指的就是上述那一不得體的境況。換句話說，這原可兩三句就說盡的，卻用了十三行且分兩段的虛矯表達方式，使得它的語意多次重覆而令人讀到厭煩！

相似的例子，是尼采對他的前驅大哲學家康德（I. Kant）的批評，說他憑空造出許多抽象概念自我綑綁而讓人不辨所以，有如是隻「**大蜘蛛**」！很明顯的康德在包裝他所傳達的哲學知識上，用了過多的詞語修飾（包括篇帙浩大和長段鋪排等），這要教讀者不提早困折或頻生睡魔也難！上引雷的話，可說是異曲同工。今後凡是想完善作品的人，多少都得以此為戒。

開頭最好具備暗示性

你的開場白一定得精采——否則沒有人會繼續往下讀，故事的其餘部分連一絲機會都沒有了。

——美國偵探小說家卜洛克（L. Block）語

處理段落篇章的同時，其實還得兼行考究一個「如何開頭」的問題。這個問題依例僅具枝節性，早已無可置疑；但關於它別有吸睛或誘引閱讀效果，卻又比前者要容易激起大家的好奇心。致使勉為看中它，以便所得能為衝刺寫作累積更多可用的資源，也就成了我們此處不得不再繼續注視的一大因緣。

「開頭不就是動筆寫第一個字，有什麼難處？」也許有人會這麼認為。殊不知對一個老手來說，貿然開頭就像急死赴難，心中總是百般糾結而難以決斷！也就是說，想寫出好的作品，就得先有一個好的開頭；而好的開頭卻經常可遇不可求。這樣與其草率落筆出糗，不如不寫來得守拙稱意。所謂「沒有一件事比詩的起頭難，除非是它的結尾」，此一出自英國詩人拜倫（L. Byron）《唐璜》書中的喊難，理當已經內蘊了無數次的輟寫掙扎！

該掙扎所對應的還只是法度較鬆的詩；倘若是規律謹嚴的小說，那就更要加權翻騰而非教人絞盡腦汁不可了。如「**我曾為了設計一個棋題苦思多月**」和「**好幾星期以來我的思路完全一無所獲**」等，這分別見於小說名家納博科夫《說吧，記憶》和金（S. King）《史蒂芬·金談寫作》等書所述及連開頭一起停頓折煞的情事，想必仍在迷夢中的人看了也得及時醒悟！

此外，在居中型態的散文方面，也早就有一些才子普遍嚐過險些不能成篇的磨難。如歐陽修寫〈醉翁亭記〉，首句「**環滁皆山也**」，不知改了多少次才定案；而蘇軾寫〈潮州韓文公廟碑〉，原也許久無從下筆，在起行拼湊數十遭後，忽然想到「**匹夫而為百世師，一言而為天下法**」二句，爾後才文思泉湧，一瀉千里。可見俗話所說的「萬事起頭難」，應驗在寫作上還得乘上百十倍，實在不能小覷。

這並不表示開頭搞定後就沒事了。凡是有成例的，經營一樣不能馬虎。只是它所牽涉「榫接暗扣」或「伏脈千里」一類規畫，在處理段落篇章時就得想妥當，不能等到起筆了才混著窮斟酌；否則處處停頓，文章就別寫成了。還有古人寫作有所謂「吟安一個字，撚斷數莖鬚」、「兩句三年得，一吟雙淚流」和「忽有好詩生眼底，安排句法已難尋」等被格律桎梏的痛苦遺憾事；同樣的今人寫作也會為應付體制技藝而嚴重消磨志氣。然而，這關係到隨機或附帶的推敲改定，應當是一個全程性的工作，可以料想它的狀況複雜，但已不是這裏所能兼為詳舉論列。

上引卜洛克所說切合這一議題的話，佛格勒（C. Vogler）《作家之路——從英雄的旅程學習說一個好故事》書中有段意見可以跟它相呼應：「無論神話、童話、劇本、小說、短篇故事或漫畫書，任何故事的開端，都有特別的重責大任，一定要引起讀者或觀眾興趣……故事的開端，的確很棘手。」只不過它們的用語「精采」和「引起讀者或觀眾興趣」等，仍嫌空乏難了，還得勞動大家去想像。至於坊間有些談寫作的書，試為填補這裏面的空白，合而歸結出數十種方法（如開門見山法、問答法、反起法、假設法、比喻法、剝筍法……等等），彷彿就要解決如何開頭的問題了，事實上還是沒有。因為那些方法都少了掛搭處（全然不知什麼情況要採用那一種方法），形同白費力氣！

反觀此地的談論，經由上述一路的勾

陳點化，如何開頭一事，答案已經「呼之欲出」了，那就是最好具備暗示性。這暗示性不是開頭法中的一格，而是涵括全部的總準則。它要暗示的是先經設想那有特定目的訴求的題旨（綰結出新觀念），而後回過頭來自我彰顯奇葩。換句話說，開頭不道破用心或不讓題意曝光，僅以隱藏方式呈現，既是為滿足所為寫的表層對象的閱讀興味，又是為自我遂行深層的創新欲求；不然去除了此法，一切就會停在無所謂吸引力的階段，而走不到穎異致勝的終點。好比底下的例子：

> 四月間，天氣寒冷晴朗，鐘敲了十三下。史密斯為了要躲風寒，緊縮著脖子，很快地溜進了勝利大廈的玻璃門。

> 早上，薩摩札從朦朧的夢中醒來，發現自己躺在床上，變成了大毒蟲。堅硬得像鐵甲般的背朝下，仰臥在那裏。

> 我姓沙蒙，唸起來就像英文的「鮭魚」，名叫蘇西。我在一九七三年十二月六日被殺了，當時我才十

四歲。

這分別為歐威爾（G. Orwell）《一九八四》、卡夫卡（F. Kafka）《蛻變》和希柏德（A. Sebold）《蘇西的世界》等書所採用的開頭。第一則以鐘敲十三下暗示有許多詭異事接連降臨了；第二則將人變成甲蟲暗示此後悽慘的生活就要開始了；第三則藉靈魂自述暗示一樁謀殺案早已悄悄進行了，彼此儼然有新塑新寫實主義小說、超存在主義小說和基進魔幻寫實主義小說等類型的企圖。也就是說，它們以前衛的姿態，各自預告著即將發生惡性政治的恐怖景象、從此得從自己已經是一條蟲的處境來思考怎樣過活和顯靈後所要膺任的釋放某種帶警意的使命等，但又沒在開端把該旨意點明或和盤托出，不啻完滿了誘導讀者親近和自行顯能的雙重任務，很可以作為往後大家寫作的極佳範本。

結尾要有力收網

> 偉大的戲劇必須提出有意義的問題，否則只是在賣弄技巧而已。我無法想像我會浪費時間觀看無意改變這世界的一齣戲。
>
> ——美國劇作家米勒（H. Miller）語

如果說作品的開頭是在給整體特徵定調，而它的暗示手法又能引起讀者迴響和自我奇異等，那麼到了結尾它就得有力收網，而將這一切果效盡括在囊袋內。上引米勒語中所謂「提出有意義的問題」，應當適用於各種類型的作品（而不限在戲劇），它所給讀者警醒啟智的觀點或意念，都要在結束時巧妙有效的展現出來。

相對開頭的必要採行暗示方式，結尾就比較有彈性而可以「開放」和「封閉」兩式擇一運用。當中開放式的結尾，是不作定格（使它有延長感），讓讀者自己去參與後續行動可能的伸展；而封閉式的結尾，則是要終止讀者多餘的懸念，促使他停在最關鍵點上咀嚼那精心結撰的觀念果實。

前者如法國莫泊桑（G. de Maupassant）的《脂肪球》，在女主角脂肪球被同僚利用為他們向敵方色誘取得好處後，立刻反遭鄙視和冷漠對待，作者只為她安排「『脂肪球』卻一直哭泣著；偶爾在兩句歌詞之間，從黑暗中傳出一聲忍不住的嗚咽」這樣未了的結局。縱使沒有下文，卻又比她有得到些許回報還要令人心酸惻怛！畢竟那些忍心佔人便宜的偽善者，隨時都有可能復出隱身在你我的身邊動歪腦筋，而叫人防不勝防！

後者如俄國托爾斯泰（L. N. Tolstoi）的《伊凡．伊里奇之死》，所給作為高階法官的男主角在經歷重症且感知死亡不會獲得別人同情後一個「他吸進一口氣，但剛吸到一半就停住了，兩個腿一伸，死了」的定點覺悟總收。不見接續的推演，但看來卻又讓人滿心悲慽難當！因為駭怕死亡的人，只緣於他們還沒有實際感受邁向人生臨界點的那種孤苦滋味，一旦想開了心結就會頓時鬆脫。

雖然收束也跟起始一樣，不算是作品布局的主軸，但它的枝節性有「焦點難以轉移」的配件，不理會它就有可能面臨美感停損的風險。以至在衝刺寫作上併為重視它的效應，還是有相當程度的必要性。而說實在的，作品的結尾不論是要給人猛然一驚（好比漢代賈誼的說理文〈過秦論〉，就結束在「**一夫作難而七廟隳，身死人手，為天下笑者，何也？仁義不施，而攻守之勢異也**」數語，論點警策而足以撼動人心)，或是想留予人不盡玩味（好比唐代白居易的樂府詩〈琵琶行〉，說到最後謹以「**座中泣下誰最多？江州司馬青衫濕**」二句無旨收尾，但那緜緜沒有止盡的天涯淪落人傷感，卻陡地在我們的眼前漫盪開來，而不禁要低迴再三)，都會比對開頭的奇巧設計來得迫切想「自揭謎底」。它是讀者心得取捨的最終依據，也是作者自現魅力的殿後平臺，沒有可以略過它而還能完成優越曠世的作品。

換個角度看，有力收網是對比於無力收網而說的。無力收網的情況，多半見於不知所云或狗尾續貂作品的陣營。這基於「為人藏拙」的前提，就不便舉例了。但對於寫到最末卻不懂怎麼收尾的「不知所云」那種狀況，以及理應結束了卻又「狗尾續貂」自作聰明加一段話礙眼這種缺陷等，都不好在理論和實務上准許通融重犯；否則寫作「完篇」的美好情事，就會出現疵病而很難再執著予以延續。

以說理文最該精蘊具深刻啟發性的理義收尾一點來說，美國石油大亨洛克斐勒（J. D. Rockefeller）有篇作品堪稱眾例中的翹楚：那是洛克斐勒寫給他兒子的一封信，勸告對方幫助別人要有原則，不能胡亂施捨反造成人家失去節儉和勤奮的動力。裏頭嵌入一大段解說，以回應外界對他吝嗇習性的指責。他的主要論點是：「當你施捨一個人時，你就否定了他的尊嚴，搶走了他的命運，是不道德的行為。」而為了顯示他有抗拒這種缺德事的勇氣，還前後舉了兩個故事來佐證：一個是有位老人幫助農戶用誘餌逮捕一些兇悍狡猾且不時危害農作物的野豬。這說明了「一隻動物要靠人類供給食物時，牠的機智就會被取走，接著牠就麻煩了」。另一個是古代有個國王，召集臣子編纂一部智慧語錄，準備遺惠後世子孫。原先編出來的是厚厚十二卷的鉅著，國王不滿意，要求濃縮。而經過多次的刪減，最後只留下一句話，就是「天下沒有白吃的午餐」。這為的是呼應前一故事，並且試著替自己不隨便資助他人作辯護。當中固然有論證不周延的地方（比如他怎麼能夠比別人有機會成為富可敵國的企業家，以及他是否在私德上先天就欠缺憐憫窮人的襟懷等，這些他都無所察覺或刻意遮掩），但他以那句話作結，力道可比萬鈞雷霆，頗有震聾發聵的作用，甚且也為他自己帶來「一語成名」的美譽。

這就是善於結尾的好典範，值得大家勤加參互借鑑。

前章提及拜倫還說到詩的結尾比開頭還難，這容或是事實，但也不盡然得跟他同樣見識。理由是：文章都已經寫到尾端了，理該一併想好怎麼收場，不大可能再像開始那樣經常搞不定切入點。只不過多知道一點結尾的處理方式，還是有早點完結成篇的優勢可感。而上面所說的開放和封閉兩式，倘若能夠再行衡量不同性質的文章而加以對應選取（如說理性文章比較適合採行封閉式結尾；而抒情性文章和敘事性文章則不妨多用開放式結尾），那麼所要的有力收網就會更顯勁道了。

至此有關衝刺寫作的必備條件或重要面向，都已經舉證完畢，剩下來全是各文類所需的諸多修飾美化技藝，那就得到抵達篇要檢視作品時再隨機帶出，以為強化配備，並權作充實議題。

抵達篇

呵氣看完篇

當人了解自己只是一項更大計畫中的一個「意外」或「偶然」後，他只能「自欺」或「自娛」一陣子。

——美國藝術家培根（F. Bacon）語

具備起步篇所說的一些基本觀念，以及熟悉衝刺篇所列各種問題且能予以圓滿解決後，就到了抵達篇將實際完成的作品作一徹底檢視階段。在此一階段所要投入的智慧，不只為促成自我定位的高格化，還包括規模前面不及細舉的相關修飾美化技藝。後者雖有「夾帶論題」的疑慮，但不這般便宜行事，就不曉得還有什麼更好的處理方式。也就是說，要檢視作品，總該有足夠的工具；而前兩篇所受限於篇幅未能說透盡備的部分，就得在抵達篇中給予補強。如此一來，大家就可以比較放心的先呵一口氣看看所要推出的作品。

作品能否順利推出，縱是要先裝配好前面所提及的眾多部件，但對於它還有一些技術性的顧慮，卻也不能不有所警覺。好比上引培根語中所隱喻的事項裏，就有告訴人怎樣從命定情境開脫的不得已作法

（以「自欺」或「自娛」方式面對體制或前驅籠罩的無形壓力）。我們把它轉用在寫作上，就是對於每一次第的書寫，都要更虛懷以對而避免過度自我膨脹，才會有餘暇去思考如何精進的課題。

著錄上述那段話的桑頓（S. Thornton）《藝術市場探密》書中，還有接續性的論述：「他（指培根）補充說：『繪畫，或者是所有的藝術形式，現在已完全成為一種世人賴以分散自我注意的遊戲，而藝術家要搞出點名堂，必須真正深化這項遊戲。』對藝術世界的許多圈內人和其他藝術愛好者來說，觀點驅動的藝術是一種存在的管道，透過它，這些人可以找到生命的意義。」類似這種求突破現狀的思維，正是我們在寫作路上所不宜或忘的重要功課。

由於圍繞著寫作的仍舊是名利那兩樣東西最教人無法釋懷，稍一不慎寫作的志業性就會隨風飄散，最後連自己「終成甚人」一事都將是個難解的謎題。因此，所謂「一些技術性的顧慮」，也就是指我們如何不被名利所惑，而可以比較自在的牢守創新初衷持續寫下去。

所以這樣說，是因為有不少人一旦寫出名氣了，就開始跟市場機制妥協，以便謀取更多的利益。這時他們的寫作品質一定會下降，所見的儘是一味迎合大眾的需求，而不再能對它有任何優質美構的奢望。

往昔美國詩人龐德（E. Pound）在他所著的《閱讀初步》中已經指出了「大眾歡迎的作品，祕訣在於每個頁面所含有的信息不能太多，好讓資質普通的讀者能在他習慣性的欠缺注意力狀態下，毫不費力地吸收」，但他的語帶譏諷並沒有能改變多少現狀，還是有人執意在為嗜利者規畫類如漢彌爾頓（J. M. Hamilton）《卡薩諾瓦是個書癡：寫作、銷售和閱讀的真知與奇談》所舉「一本書的文字內容包括至少五次謀殺、兩個浪漫愛情事件；不超過二十個人物」這種文字生產線模式，完全無視於精蘊創新使命的存在。

想想看一個高產量的寫手，如美國科幻小說家艾西莫夫（I. Asimov）和英國懸疑小說家克里西（J. Creasey）二人，各自寫了四五百本書，究竟是怎麼辦到的？顯然這裏面如果不是有人在背後強力運作而提供出版的機會，那麼也無可能成就他們這樣的寫作機器。或許他們的作品有些足夠精采的，但粗製濫造的可能更多，只因為有廣名厚利在前面障礙著。而靠他們牟利的書商，就以逸待勞從他們身上不斷地奪去自由和才情（就像艾西莫夫晚年健康已亮起紅燈，出版商還在壓榨他，教他先選出短篇舊作當骨架，而由其他人協力擴充成長篇小說）。於是蓋伊（P. Gay）《樂趣之戰》所說的「**暢銷就是徹底出賣自己**」這條鐵律被遺忘了；而約翰遜（P. Johnson）《創作大師的不傳之秘》所歸結的「**要成為高明的創作大師很不容易，而且身處頂峯往往十分痛苦**」該一真理也被拋到腦後了，寫作質變成無所謂文化理想的純商業行為！

起步篇〈從起點到終點的塑形〉章曾提及文章可以華國一事，原是接到魏文帝曹丕〈典論論文〉所切結的「**蓋文章經國之大業**」上，而這在現今如王鼎鈞的《桃花流水杳然去》則又另有解釋：「**『文章華國』並非說它是政權的裝飾，而是說它是國家的光環，能在世界上增加國家的知名度和吸引力，引世人尊敬和嚮往。**（如）**小小丹麥出了個安徒生，就在全世界兒童的精神領域成為泱泱大國。**」彼此或有程度的差別，但都無妨它可以為階次而再跨進更新文化使命加被的頂端，而這正是我們所以要寫作的最深原因所在。因此，倘若覺得媚俗會對寫作生命造成莫大的斲傷，那麼棄捨上述那一瘋狂追逐名利的歧路，而返歸此處的正途，也就是最該也最合理的自我定位方式。

所謂呵氣看完篇，就不僅是衡量它所能滿足所為寫的表層對象品味的程度，更得評估它是否足以臻致新穎語言世界的標的。後者是我們拚搏寫作事業所該有的終極寄意處；這樣一個想望的豐華美盛的文化遠景，也才有機會逐漸成形。

文章成形的檢視準則

> 作家成功的過程緩慢，所以每位成功作家回頭審視自己既往的路程，總驚訝於自己所達到的高度。
>
> ——美國小說家伍德霍斯（P. G. Wodehouse）語

實際上，寫作所成就的東西，還有某些莫名詆斥它的言論在蠢蠢欲動，隨時都有可能躍上檯面來混淆視聽，這就更逼得我們必須再行強化信心，才能面對越往後越繁雜的檢視工作。

好比「**沒有比說故事的人更危險的了**」和「**文學是讀書人的騙術**」等，已經摻雜在多特羅（E. L. Doctorow）《天主之城》和柯德威（I. Caldwell）《四的法則》等小說裏的，如果我們不築一道防火牆隔絕它們，那麼此後難保不會動搖還沒堅定的念頭。這也就是呵氣看完篇後，我們要進而思考文章成形的檢視準則，所不能短少的心理準備（否則很可能會在原地止步不前）。

檢視文章是否成形，所以要有特定或額外的準則依據，乃因為文章寫到最後一個字，並不代表它就有形體或能逕以作品指稱，還得看裏頭展現出多少符合矩式的成分，相關的認可或說解才能有理序或有名目的進行。而這矩式，也就是我們所可以自行研發或借支他說的對象。

前篇〈確定寫給誰看〉章，提到所為寫的表層對象有特定人和不特定人等，這連結到所完成的作品，自然就要看它能否起實質的影響作用。像司馬相如受僱於被冷落在長門宮的陳皇后代寫的〈長門賦〉，感動了漢武帝，致使陳皇后從新獲得寵幸；而駱賓王一篇〈為徐敬業討武曌檄〉，也啟發了武則天本人，反過來責怪宰相不識人才，徒讓駱賓王這種一等文士流落在外。這些都是在寫作當下就胸有成竹，預料接受者能按所期待的來領會作品（當中駱賓王的檄文除了達到激怒武則天的目的外，還多得一項被深讚文采的「不虞之譽」）。因此，先行模擬接受端所會有的反應，也就成了無形且必要的自我檢視向度。

至於在具體的準則方面，就得呼應前篇〈選擇題材的相應性〉章所分列的知識度、道德觀和美感力等需求。這是創新讀者能否如願的決勝點，也是所可以自行研發檢視準則的無限趨向處（它比借支他說的檢視準則還要有突破典範的挑戰性）。換句話說，本準則的擬定，前提就不只是美國詩人惠特曼（W. Whitman）所單向預期的「偉大的讀者造就偉大的詩人」那樣，它還要在更有意提領讀者的層次上設想。正如哈特利（J. Hartley）《全民書寫運動：改寫媒體、教育、企業的運作規則，你不可不知的數位文化素養》所引史學家哈貝奇（A. Harbage）對莎士比亞戲劇的研究發現「莎士比亞跟他的觀眾彼此一拍即合，甚至可以說他們創造了彼此」，就是這一辯證性的「彼此創造」加入了提領讀者那一層意涵，才使得檢測更有可靠的準則。而這準則，在分項合觀上，就是上述那一知識度、道德觀和美感力等需求的有效滿足（出了這個範圍，就不知還有什麼更足以為依據的準則）。

以短製為例，在知識度方面，所能用來檢視作品的，不外有真實和新發現兩項準則。如英國作家赫爾（S. Hall）出示的「你說的越仔細，就越平凡」和德國哲學家尼采出示的「思想深刻的人會設法儘量把話說清楚；而想要表現得很深刻的人，則會故意含混其詞」，同樣涉及說話課題的見識，後者明顯深具真實性；而前者則無異是一種嶄新的發現（真實性有待考驗），彼此都有「可據一方」的優勢。

在道德觀方面，所能取為檢視作品的，

無妨有合理性和啟發性兩項準則。如有個蘇菲教派的故事所透露的：有個老婦人在恆河邊要救一隻差點溺斃的蠍子，但她每碰一次就被蠍尾刺得滿手是血，痛得呲牙裂嘴。路過的人，紛紛大叫說：「你怎麼搞的，笨蛋！你要害死自己去救那個醜八怪嗎？」她凝視著對方回答說：「螫人是蠍子的本性，我為什麼要因為那樣就否定了自己想要拯救牠的本性？」這裏面有救無敵意者和救有敵意者兩種觀念的對比；前者隱含未顯，後者則是該婦人所實踐的，二者都屬道德行為（至於路人，只是旁觀，並無道德表現問題）。差別在於前者為高度合理，而後者雖非高度合理卻能給人深刻啟發，彼此也都有可信從的條件。

在美感力方面，所能據以檢視作品的，約略有激情和震撼效果兩項準則。如同在公開場合講話遭遇聽眾擲鞋抗議的反應，美國駐伊拉克行政長官布萊墨（P. Bremer）在英國下議院演講那一次跟對方說的「如果你想要這樣做，那麼先前就應該多練習瞄準」和美國前總統小布希在往訪伊拉克的記者會上轉對其他人說的「這真像是一次政治集會，剛剛那人很想吸引大家的注意力」，兩相比較，前者無疑可以激起眾人一起合對擲鞋者的不滿情緒；而後者更跨越到別為撼動大家神經反悟及擲鞋者原來想趁機成名啊！縱使二者的美感效果有差等，但也都展現了不可多得的巧喻美學典範（至如中國大陸前總理溫家寶在英國劍橋大學演講所遇相同情況的演出裏直接說道「**老師們，同學們，這麼卑鄙的伎倆，阻擋不了中英兩國人民的友誼**」，這已淪為道德譴責而毫無幽默動感可說了）。

成形後的文章要檢驗它的作品完構性，大致就以上述的精質徵信為重要依據。此外，還得有體制技藝的外貌合度美化要求等，則可以隨後再行加碼讓它們「現身說法」（詳見後面各章）。能這樣，「創新欲求」這一所為寫的深層對象，才會有所附著而一體成形。而上引伍德霍斯語中的所謂高度，我們也終於知道它是在對應什麼了。

進展到這個地步，前面所要興建的防火牆，自然就可以不費吹灰力而跟著完成了。畢竟還有美國小說家亨利（O. Henry）的話「**這世上最棒的是文字，以及它們結交朋友的方式，一個接著一個地**」在一旁鼓舞我們；而尼采早就發出的「**少了戲劇和詩的透視鏡，我們一定會無法忍受所有的苦痛**」那一優著見識，也會隨著大家的不懈努力而更真切感知，以至於深愛上寫作這條路。

體裁規範的遵守和突破

透過故事讓我們得以進入宗教般的狂喜境界，故事讓我們回想起我們在這個美麗的破碎世界裏的人性。

——美國博物學家威廉斯（T. T. Wiliams）語

將知識度、道德觀和美感力等懸為檢視文章成形的準則，等於保證所有的創新夢能夠實現，而我們向來有關寫作何處著力的疑慮也可以一舉廓清了。接著就要再看那附麗式的體制技藝究竟得怎樣對待，以及有否另行突破的空間可供遙想等。

此地所說的體制技藝，可以形現或內聚在體裁裏。體裁是文體的裁成，它把制約後的文體剪裁成有一特定的樣式，然後形式、技巧和風格等技藝就依需進駐而摶成具象化的作品。當中單提體制一詞時，是為了方便說明；而改稱體裁後，則轉為可包括技藝而能用於指涉一般泛稱的抒情文、記敘文和論說文等（詳見前篇〈文體文類得一併配置〉章）。

上引威廉斯語中所喻示的故事魅力，乃是所有記敘文（敘事性文體）所依賴的質素要更升一級才會有的，而這就得在關係體裁的課題裏加以安置。換句話說，只有精采的故事，才能為人帶來宗教般的狂喜；而想寫出精采的故事，則必須在體裁足夠給予負載的情況下，始能輾轉成形美煥。

體裁這種對任何一個作品質素所具有的範限力，恰如人的身裁對外貌構件所備列的形塑作用（也就是說，先有人整體身裁的存在，我們才能接續看清他的肢架組合狀況）。因此，提到體裁，就不可能不兼及它的規範（好比看人的身裁，無法不想到他被先天基因或後天鍛鍊所模鑄）。這是文章要具體成形所得通過的末端關卡，也是我們想提升寫作效益最具統合性的參考座標。

那麼到底有什麼體裁規範是我們所得遵守的？這就得從先前依抒情、敘事和說理等不同質性而區分的文體說起：凡是落筆為文，不是要相應抒情性文體，就是要相應敘事性文體或說理性文體（沒有無所相應對象的文體）；而所冠稱的抒情、敘事和說理等分別意指的「所要抒發的情感」、「所要敘述的事件」和「所要說明的道理」等，就成了體裁一級序的規範。在這個規範裏，情（情感）／事（事件）／理（道理）等已經先行存在了，倘若要對它們再進行規範，諸如情感分深情／奇情、事分正事／怪事和理分信理／詭理等，那就會跨到實際作品質感的技術性調配上（詳見後面相關章節），而不關體裁優先所該如何的了。因此，僅剩抒（抒發）／敘（敘述）／說（說明）等，必要有一定的演出來成就此一規範所能被指稱的樣態。

約略的說，抒這種規範是一「表現」的形態，敘這種規範是一「陳述」的形態，說這種規範是一「繹解」的形態。當中表現要將在內的情感現出表面來，就得藉助意象給予比喻或象徵；而陳述要把事件交代清楚，也得按時間先後順序予以處理；而繹解要讓道理明白曉暢，也得講究邏輯紀律。這些除了另有考量（如為打破一切成規的後現代式寫作），而可以別為看待，此外都應該如是展現，以印證體裁的不為無意性，以及對寫作的恆久指南作用。

例如歐第貝帝（J. Audiberti）《阿布拉煞斯》裏的詩句「攀爬中的蕁麻捲起了灰色的斑駁」，這以蕁麻和石牆戰爭的意象隱喻弱勢者不肯妥協的精神，既欣喜蕁麻的努力突圍，又暗含對石牆壓迫他者的厭惡，可說充分體現了抒情性文體的表現規範。如果把它換成巴舍拉（G. Bachelard）《空間詩學》所見的「一個詩人攫住某個細微的戲劇性事件……（等於）織造一個夢境和現實緊密的網」和「人們會喜愛助蕁麻一臂之力，在老牆上再戳出一個洞」一類說詞，那麼這就立即轉為說理性文體所准式，而不便再強指它是抒情性文體了。其他有企圖相跨越文體的作為，不論多隱微或多誇大，也都可以比照此地的舉證去仲裁取捨。

熟知抒／敘／說等優先規範體裁的樣態後，再來就到了前章所列知識度／道德觀／美感力等需求的考量階段。上面二者的結合，是一個外形和內質相牽繫的模式，也是符號和表徵一體成形的完美典範（後者是說，抒／敘／說等成就的語文符號，各自都能夠有知識度／道德觀／美感力等表徵，而體現作品的整全優質性）。

好比愛因斯坦（A. Einstein）的 $E=MC^2$（能量等於質量乘以光速平方）這一相對論公式，是個知識度足夠真實的道理，它除了可以被有效的說出，還可以被巧妙的抒發或敘述（前者如愛因斯坦自己的巧喻「對面坐個美女，感覺時間過得特別快」；後者如小暮陽三《圖解基礎相對論》所代為勾勒的「我姓車，名寅次郎，在出生時是用帝釋天的水洗澡的……」這類滑稽的妙事）。

依此類推，有合理性或啟發性的道德觀，或者有激情或震撼效果的美感力等，也可以分別在抒／敘／說中顯現，而共同撐起體裁規範的二級序制約圖像。至於各種技藝介入所連帶促成最終體裁規範的擴衍易動，那就不妨留到後面相關章節再來談論了。

雖然已定的體裁規範，寫手們得妥為對待，才有可能思路進趨無礙和足以寫出殊異或像樣的作品，但這類的遵守也未必要予以絕對化。當新的能耐有辦法改造體裁的形態後，很可能就是既定規範面臨調整或淘汰的契機。而不論大家是否已經走在這一改造的道路上了，只要有突破現狀的企圖心，諒必都能夠隨機增添自我挑戰寫作極地的樂趣。

開創類型有前例

在邏輯分明的領域中，較容易凸顯天才的才能，例如鋼琴和數學；而即興喜劇及撰寫小說則恰恰相反。
——美國作家科伊爾（D. Coyle）語

遵守體裁規範，是在保障所寫作品的屬類有則；而突破體裁規範，則會一併觸及新類型的開創。前者對任何一個寫手來說都是第一要務（這樣他所寫作品才能具備跟人家溝通的平臺）；而後者則要等到他的本事足夠了才有可能趨入。縱是如此，想要開創新的類型，也得知道朝那個方向努力，才不致誤闖莽原而徒勞無功！這是我們在抵達寫作的終點時，所可以跟盤點體裁規範一樣，給予一定程度的關注，同時也藉機反身省察所寫作品的體現情況。

一般創新事物，常被認為要有天份才辦得到。正如上引科伊爾語中所示那般，由天才來決定可觀察的成就。然而，天才是要經過智商的鑑別始能成立，而智商卻未必是可靠的東西。好比物理學家愛因斯坦曾經說過的「當我檢討自己和自己的思考方法時，我下了一個結論，天馬行空的天賦對我的意義遠超過我吸收積極知識的才華。想像力比智商重要多了」，在很多時候就是因為有想像力才創新了事物，而那只能顯得靈巧的智商不宜什麼都要讓它搶功。再說像物理學家牛頓（I. Newton）夠有才華了，別人問他是怎麼發現地心引力的，他也只是這樣回答：「靠著念茲在茲。」如果我們把他的另一句話「沒有大膽的猜測，就不可能有偉大的發現」也取來對照著看，那麼將會發現天才在這裏似乎佔不到一席地了。

的確如此，所有新事物的開創絕大部分都得站在前人的肩膀上才有可能。所謂「天才用嶄新的方式結合資訊才產生創意」和「真正的天才只是把創意點子都集中起來」等分別著錄於坊間題為《行銷的語言》和《創意的技術》等書中的名言，一致以為天才的成就全來自對前人所傳下資訊或創意點子的集中組合，正可以為證。因此，不論是作家曼肯（H. L. Mencken）這般說莎士比亞「他所做的，只不過是把很多知名的陳舊引文串起來罷了」，或是牛頓的自我坦白「我所以能看得這麼遠，是因為我站在許多巨人的肩膀上」，我們都不好不信以為真，畢竟還有更重要的心力付出在等著我們踐履而改造自己的命運。情況不就像生物學家達爾文（C. Darwin）所說的「**我始終相信，除了傻瓜以外，人們在聰明才智上差距不大，唯一的不同在於付出的熱情和努力程度**」，這樣我們自然毋須再行沉溺於天才的迷夢中。

現在想要反身省察體現新創類型的狀況，也是同一個理路。它所得儲備的識見，幾乎都根源於對俱在性文類的充分掌握。而這一部分，卻又有時距上的難度。也就是說，文類的跨代變遷，經常要經過長時間的醞釀勃發，很難異想天開就可以立即竟功（上引科伊爾語中的後半段「即興喜劇及撰寫小說則恰恰相反」，想必也有這個意思）。於是我們只能憑藉某些類型被開創的先例，來設想往後所得突破現狀的方向。

在前篇〈文體文類得一併配置〉章中提到，類型是文類的次級概念，它所指稱的是詩、小說、散文、戲劇……等名目。這些名目所分布的區域，已經自成一個文類的範圍。而在此一範圍內，我們所能著力再展新妍的是效法那些早已摶就的創類而自鑄偉貌。這在我們自己傳統的文類演變上，曾有過某種程度的粲然美盛成績可說。好比蕭統《文選》、任昉《文章緣起》、呂祖謙《宋文鑑》、吳訥《文章辨體》、徐師曾《文體明辨》和賀復徵《文章辨體彙選》等，所收文體從幾十類到一百多類，正顯古人創類的勤快及其績效卓著。只是這裏面絕大多數類型如今已不再流行，而由傳自西方的文體分類觀念所取代（約略情形，可參見前篇〈文體文類得一併配置〉章）。即使如此，相關的創類課題還是可以「就此論此」。

這率先得知道時下有些單一的跨類現象，並不算是可稱道的創類案例。例如小說跨向詩、詩跨向散文、散文跨向小說或說理……等，這種僅見的微小幅度跨類，縱然有學者如錢鍾書和葉維廉等人，在他們的《談藝錄》和《比較詩學》等書中設詞以「**出位之思**」或「**超媒體美學**」予以讚揚保障，但實際上那些表現只搆得上一種幾近無心的戲耍，並無力開啟具有里程碑式的該一實質創類經驗。正如下面的例子：

> 春天像你你像梨花梨花像杏花杏花像桃花桃花像你的臉臉像胭脂胭脂像大地大地像天空天空像你的眼……你像霧霧像煙煙像吾吾像你你像春天。

> 我從黑板裏奔出來，站在講臺

上，衣服被獸爪撕破，指甲裏有血跡，耳朵裏有蟲聲，低頭一看，令我不能置信，我竟變成四隻腳而全身生毛的脊椎動物，我吼著：「這就是獸！這就是獸！」小學生們都嚇哭了。

這分別見於管管《管管散文集》和蘇紹連《驚心散文詩》等書，前則自命為散文，卻寫得像詩；而後則自詡為詩，卻出以散文形式（雖然作者強賦予它「散文詩」的新稱呼）。這除了自我取消可供談論的類型義，而且還看不出有什麼特殊的美感蘊涵，實在不能許以一個創新有成的名號。

剩餘所能據為評比的，在我們傳統上自以《紅樓夢》為最高格典範，它的有意融入自古以來各種文體，以及極大化選材組合等，早就享有空前偉構的美稱。而在西方傳統上，從前現代的古典主義、寫實主義和浪漫主義等，一路發展到現代的象徵主義、表現主義、未來主義、存在主義、超現實主義和魔幻寫實主義等，已經迭見創新異采；此外還有後現代的解構主義、女性主義和後殖民主義以及網路時代的網路主義等，更事推衍媲美上帝造物而自行創設的成果（相對的，我們這裏沒有上帝造物的信仰，理所當然就不易展現西方人那種積極創新的作為）。

就以後現代的解構主義體現在小說創類上的為例，前篇〈文體文類得一併配置〉章所舉納博科夫《幽冥的火》，它的極盡結合西方流行文體的能事，為他作所難以企及，可說是此中的翹楚。另外，帕維奇（M. Pavić）《哈札爾辭典》擬仿字典辭條注釋的形式、艾米斯（M. Amis）《時間箭》採錄影帶倒轉形式把人從棺木寫到子宮、薩波塔（M. Saporta）《第一號創作》在一百五十張撲克牌上散寫讓人隨機取樣而不組裝、卡爾維諾（I. Calvino）《如果在冬夜，一個旅人》構設印刷廠裝訂錯誤造成許多不相干短製的組合、伯格（A. A. Berger）《一個後現代主義者的謀殺》藉謀殺探案的外形四處夾帶文藝理論和巴塞爾姆（D. Barthelme）《白雪公主》以插入是非題、選擇題和簡答題的試卷形式呈現等，也都在爭奇鬥艷，而不斷開啟一個比一個炫目的創類紀元。

今後我們要再開創類型，無非就是勉為循著上述這些古今中外的範例去審酌可能的突破向度，一來自我完成不容易才許下的創新夢；二來也讓寫作的志業性因為有高懸的指標而可以更形堅確永固。

抒情的分布區域勘定

> 理性有月亮相伴；月亮卻不歸屬於她。投映在鏡面般的大海上，困惑了天文學家；啊，卻討好了我！
>
> ——英國詩人賀奇生（R. Hodgson）語

開創類型成為寫作本身的最大蘄嚮後，一個有關績效的全程性管控機制也得跟著啟動。而從普遍的情況來看，雖然實現夢想的終點還遠在天邊，但所有的經歷不透過它品質也很難保證。換句話說，從動筆寫作到能夠完滿新類型的開創美夢，可能迢遙難期，但如果在進程上少了對焦式的自我督促，恐怕連每跨一步都會搖搖欲墜，而給人有不如撤銷此類盲動的感覺。

此處所謂對焦式的自我督促，是指該一機制的發動實況。它要讓所寫就作品可以通過「從遵守規範到突破規範」理路的連續考驗，而後在每一個節點上嚴密檢視成效。這樣我們就會發現所要落實為各種文體的寫作，就成了這類管控必須優先把關的對象。因此，熟悉有什麼條件可以作為安置文體特質，也就有「趕緊使它成真」的迫切性。

由於有過前面的分疏（詳見前篇〈文體文類得一併配置〉章），所以不妨順次從抒情性文體談起。這要作為先行框列的條件（爾後才知所尋隙製造差異以創類），重點就在抒情的「情」實和「抒」式上。情實是指情感所能涵蓋的範圍；抒式是指抒發所可盡展的空間。二者有何殊異於其他文體的獨特性，不能不勉為加以凸出。這也就是標題所示的，全要在勘定抒情的分布區域。

首先關於情實方面，向來有「好惡喜怒哀樂」六個屬性或「喜怒哀懼愛惡欲」七個屬性的分布。但這已被美學家王夢鷗的《古典文學論探索》一書舉證訾議過，理由是：人情常喜懼或愛欲交集，難以一個名詞指稱；尤其人的經驗越多，他的情感也越複雜，上述六、七個共名就顯得大而無當。還有此情，在古代也常被使入對反的價值判斷中，如見於黃宗羲《南雷文案》、朱熹《詩集傳》和朱彝尊《詞綜》等書中的，就總括有真情／偽情、正情／邪情、雅情／俗情和萬古情／一時情等多重的分野。後者，自有教化和文化理想在。但倘若就經驗所屬特性來說，那麼情純粹是一個中性的概念；此外一切價值的賦予，都染上了意識形態和權力欲望的色彩，已經不便於首度論列將它採作題材。至於前者，在別無更妥適的稱名以前，姑且藉它來充當情實，還是有相當的方便處。也就是說，情的分布區域，就約略在上面六個屬性或七個屬性的範圍內。

其次關於抒式方面，這就有內質上的直接顯露和間接表演呈現等方式，以及外貌上的歌謠／童謠、抒情詩／童詩和抒情散文等形態可以指涉，合而構成它所能盡展的空間。雖然如此，抒的分布區域，除了歌謠／童謠等少數外貌比較傾向於包裹直接顯露的內質（詳見後章），其餘都得經由間接表演呈現的內質來彰明相關外貌的高度審美價值（也就是前篇〈布局還有形式技巧風格要考量〉章所說靠意象的比喻或象徵以為成就唯美典範）。這是緣於抒情性文體分佔文學的一半領地，而文學這個更大範疇在學科的劃分上要有所區別於哲學和科學等，勢必得仰賴這種宛轉表意的特性予以持守固著。因此，抒情性文體和文學的局部相互蘊涵，自然就在此一美感的中介下實質完成。

實質完成後所能總稱的文學，不知道已經被指點過多少回了。只是有些尚欠精準或憂慮不能成章的說詞，依然要順便帶出來辯它一辯，才有助於強化我們對寫作這類作品的信念。比如塔雷伯《黑天鵝語錄》書中敘及的「**在掩飾邪惡、缺憾、脆弱、惶恐的時候，文學是活生生的；只要涉及一絲絲的說教，文學就死了**」，這就在憂慮說教介入會造成文學的死亡，看來是懂得文學跟非文學大有差別的；只不過他的斷言下得太快，導致還有可以用意象包裝或後面篇章所會提到以事件蘊涵的說教，那仍屬文學的範圍卻被過濾掉了。又比如伊格頓（T. Eagleton）《當代文學理論導論》書中夾帶的「**文學根本就沒有什麼『本質』。如果把一篇作品作為文學閱讀意味著『非實用』的閱讀，那麼任何一篇作品都可以被『詩意』的閱讀一樣**」，這把文學當作是它相反的東西，無法從中求取一些永恆的內在特徵，顯然所見精準度相當不足，因為那全然忽略文學是在界定中存在；只要該界定能有效別異於非文學，它就可以成立而有我們採為寫作依據的充分條件。

此外，還有像美學家克羅齊（P. Croce）的《美學原理》一書將文學的完成視同藝術僅存於直覺中而不關它的外在形貌，以及像劇作家姚一葦的《審美三論》一書把文學所關美感經驗的產生都歸屬於理性（知覺）而跟感性（感覺）無涉等，也一樣盡屬短見。殊不知直覺／理性一類東西的隱藏或發用權在論說者，並無客觀基礎。以至我們也不宜片面向對方致敬，畢竟他們連文學是怎麼來的都說不清楚，那能這麼快就甘願臣服！而由此可見，上引賀奇生語中對月亮的兩極性反應，也是白搭，因為理性依舊可以透過意象的裝飾而給人感性去領受，不必然就是鐵板一塊。

話再說回來，所區分成的抒情性文體，經過上述架構的指引，已經足以據為落實寫出相應的作品。而它的成功機率，還可以從對比其他文體中顯能來保障提升。就以夏宇的抒情詩〈甜蜜的復仇〉為例，看它盡得抒情性文體精髓的一斑；

把你的影子加點鹽
醃起來
風乾

老的時候
下酒

這以給仇人影子加鹽且將它醃製、風乾和撕裂下酒等一連串意象，隱喻不在場復仇的快感（此類復仇不會遭到反擊，所以帶有標題所說的甜蜜感覺）。類似的精神勝利法主題，在魯迅的小說《阿 Q 正傳》中就用「（阿 Q）在形式上打敗了，被人揪住黃辮子，在壁上碰了四五個響頭，閒人這才心滿意足的得勝的走了。阿 Q 站了一刻，心裏想：『我總算被兒子打了，現在的世界真不像樣……』於是也心滿意足的得勝的走了」這一事件來象徵；而我們如果再採取說理性文體那種直接說出的方式，完構「懦弱的人在面對別人的欺壓時，不是沒有能耐反彈而寧願受辱，就是別為尋求補償以便得到心理的平衡」此一見解，那麼三者各自的特殊性就都俱在了。很明顯的，重點是如何寫出有體性區別作用的作品，以方便異質心理審美；凡是不了此義的空逞意見，無妨都讓它們自動歸零。

童謠和一般歌謠的聽覺美落實

一齊唱歌可以讓我們從彼此身上互相學到東西，這是爭吵或其他方式無法辦到的。

——美國民歌手席格（P. Seeger）語

假使不再有什麼重大顧度，那麼歷經起步篇和衝刺篇等階段寫作也該抵達終點而產出了作品，則是從此地開始才有一具體對象存在可以實質自我檢驗。這種檢驗謹嚴得當，對於該作品的體制和技藝等取徑變化，無不有開新啟智或導引審美的價值。因此，在為抒情性文體釐清或劃定疆域後，就依次從童謠和一般歌謠談起，以便所得結論可供大家憑藉查考，而使所寫相關作品不蹈空徒發。

童謠，也叫做兒歌，這是以兒童作為限制詞後的稱呼，意指兒童所能理解的歌謠。當中兒童的年齡範限，約略是以青春期第二性徵的出現為分界線；而兒童的經驗指標，也大致是僅就年少時期所過的普通生活去估定（有別於成人才有機會接觸的性愛、謀生、政治參與和社會服務等層面）。至於他們所能理解的歌謠，則跟一般歌謠一樣得從最基本的歌謠來取義。

歌謠，簡單的說，就是唱詞。它跟詩本是一家，後來大概詩不為歌唱而作了，才各立門戶，彼此分途。由於歌謠是用唱的，所以要特別講究聲律。縱是如此，童謠的寫作大多是基於遊戲取樂或安撫催眠目的，比較不見一般歌謠也在權力欲望和文化理想等前提下，寫來要它發揮類似宗教咒術那樣的精神療效。該一療效，經由慧皎《高僧傳》和劉勰《文心雕龍》等古書的揭發提點，已經到了可以使人震撼和豁然醒悟等超越愉悅滿足的層次，而形同進入一種神秘體驗的領域(情緒得到紓解，靈性從新洋溢);甚至當今還有來自西方一些更事擴大效應的說法，如派佛《用你的筆，改變世界：如何寫出撼動人心的好文章？》一書所發的「(歌唱)它能讓不同的人結合在一起、讓我們起而行動，讓我們為理想堅持不懈，有時則會慰撫我們受傷的心靈，或是讓我們看到一個更美好的世界」這一團結集體意志作用，以及上引席格語中的互動認知功能等，這就不是一個咒術成效所能概括得盡。而很明顯的，童謠因為受限於訴求對象，根本不可能負載這麼多效益。以至在寫作的分劃上，就彼此各為所尚，而不必硬要相通什麼。

不過，作為唱詞，童謠和一般歌謠還是有一些共同的技藝問題值得注意。首先是它們都配合音樂唱出，而音樂是經符碼化的創造性聲音（遠離自然音響）。這種聲音，具有特定的組織規律，包括量感、厚度、強弱和高低等。而對唱詞來說，最優先具有制約力的是音節（屬於量感範圍），以至童謠和一般歌謠的寫作無不要講究句式的規律化。如鍾肇政的〈魯冰花〉「……天上的星星不說話／地上的娃娃想媽媽／天上的眼睛眨呀眨／媽媽的心呀魯冰花……」和李子恆的〈秋蟬〉「聽我把春水叫寒／看我把綠葉催黃／誰道秋下一心愁／煙波林野意幽幽……」等，都能顧及音節的特性而調妥字句的數量。再來是旋律（也屬於量感範圍），以至童謠和一般歌謠的寫作也無不要重視句和句的銜接性。以一般歌謠為例，如余光中的〈鄉愁四韻〉（視同歌謠）「給我一瓢長江水啊長江水／酒一樣的長江水／醉酒的滋味／是鄉愁的滋味／給我一瓢長江水啊長江水……」，這在反覆詞語的使用中，讓旋律得以順利的銜接。所以上個世紀七〇年代校園民歌流行期間，楊弦把它譜了曲，後來由歌聲乾淨高亢的殷正洋唱紅，至今都還讓人覺得餘音繞樑，正是得力於它的規律化句式以及銜接綿密的詞語使用。相對的，鄭愁予有一首名作〈錯誤〉，句子略長且參差不齊，本不是為合樂而作，但有人（如李泰祥和羅大佑等）將它譜了曲後，唱來就感覺起伏跳宕，甚不流暢。倘若有唱詞寫成這樣，一定很不中聽。畢竟歌謠是要訴諸聽覺，協律有誤，讓人聽來不明不白，無異枉費一番寫作。此外，還有押韻和字詞的選用，以便和樂時可以調適聲音的厚度、強弱和高低等，這也得一併留意。當中押韻一項，是整體諧和的一大保證（以隔句押韻為常規），幾乎沒有一首悅耳動聽的歌謠可以免除它的牽制。

其次是它們既然是要獲得聽眾的同情共感而又需要訴諸聽覺，那麼它們的詞意就不能太過艱深或含混多重（因為歌唱有時間性，必須讓人一聽就了解，才有效果）。姑且以底下兩首閩南語催眠歌（搖子歌）來作說明比較:「嬰仔嬰仔睏／一暝大一寸／嬰仔嬰仔惜／一暝大一尺／搖子日落山／抱子金金看／子是我心肝／驚你受風寒……」、「搖啊搖／毋通蹄／嬰仔一哭面紅若蕃薯／疼你生驚號吱吱／天頂的星也偷偷走來眄／搖啊搖／啼啊啼／天頂的星笑你號吱吱……」。前一首（作者不詳）最多用到比喻，如「子是我心肝」和「痛子像黃金」等；而後一首（詩人向陽仿作）卻跨越到象徵，如「天頂的星也偷偷走來眄」和「天頂的星笑你號吱吱」等，一意淺一意深，對同一接受對象（嬰兒）來說，就有領會上的差別。如果嬰兒有知覺的話，可能會睜大眼睛疑惑後一首唱唸的人到底在傳達什麼意思。雖然後一首比前一首講究修飾，也較懂得營造美的氣氛，但這卻不是催眠歌的本色（該本色在簡單易懂，嬰兒聽了容易入睡；此外一切花招，都可能有反效果）。因此，比喻和象徵這些藝術手法（詳見後章）用在唱詞寫作上，就得有所節制，不宜比照訴諸視覺的詩和散文那些文類；否則唱出來會找不到知音而白費心力。

再次是常人所見的笑啞、嗚呼和叱吒等縱使為自然的情緒流露，但它在沒有經過提煉的情況下就進入歌謠，只能顯示它的素樸性，而離高雅的上乘極境還有一大段距離。倘若說歌謠寫作要以臻於高雅的上乘極境為目標才有強調的價值，那麼今後有關童謠和一般歌謠的寫作依舊得往合於藝術要求的普遍而深刻的情感形塑一路去努力。它的極致，大概就像楊載《詩法家數》、黃庭堅《豫章黃先生文集》和張戒《歲寒堂詩話》等一致推崇過的「樂而不淫」或「哀而不傷」或「怨而不亂」那樣，將情感摶造成具有深長意味且能恆久流傳的高價值樣式。以一般歌謠為例，早已有典範在，如李白的〈清平調〉和蘇軾的〈念奴嬌——赤壁懷古〉等，就都顯示了對於「兩情相悅但不致淫亂」(指李白將唐明皇和楊貴妃的愛戀事件予以美化抽繹）以及「有憫自己功業未能大成卻不流於怨懟」（指蘇軾在赤壁古戰場緬懷周瑜的神采勳績而藉機自我嘲弄）等難得境界的嚮往和經營。相對一些說情愛則必赤裸裸或纏綿悱惻以及談不如意則連帶怨天尤人或事不關自己勤惰等歌謠，顯然它們沒有我們可以挑剔或不喜歡的空間。

另外，還有一些比較細碎的修飾問題，諸如直敘、問答、擬人、起興、誇張、排比、對比、層遞、倒裝、轉化、頂真、婉曲、回文和連鎖等，這涉及尋常的選字造詞組句聯章和求取新鮮變化等層面，自然也在需要重視的範圍；只是限於體例，不便再多加討論。

好比童謠有一格專門在戲謔取樂，如曾流傳於四川的〈顛倒歌〉「**先養我／後生哥／爹討媽／我打鑼／公公抓周我挑貨／一挑挑到外婆門前過**」和曾流傳於河南的〈反常歌〉「**小槐樹／結櫻桃／楊柳樹上結**

辣椒／吹著鼓／打著號／擡著火車拉著轎」等，這無不意在透過滑稽和怪誕等手法來展現基進創新的本事。亟想突破舊規的人，何妨也將它們納入一起參研，以便累進自我省視作品成效的資源。但此地同樣不好挪出篇幅去暢談，只能暫且打住，而把上述落實聽覺美一義的重點留予大家反覆思索印證。

從童詩到新詩的意象創造

詩是一隻小鳥，時時可能從分析的網中逃出。

——美國詩人杜倫（M. V. Doren）語

相較於歌謠，抒情詩的抒發情感就可以有多一點曲折隱晦的空間，因為它是訴諸視覺的，企圖吸引人重複閱讀而予以無盡的玩味。如果不是這樣，而只停在歌謠那一幾近直白的階段，那麼它的美感營造就難以獨立成一領域。換句話說，抒情詩是最擅長以意象間接表意取勝的，而意象自己的「以事物比喻或象徵」特性，則容許它向難巧關卡過渡，以為顯現高超技藝的審美能耐。

上引杜倫語中的小鳥比喻，正隱含著意象這一美的對象是不能代以知性語言的；否則向來的詩類型就會無以成立。而我們再行推衍，該意象又可以如上面所說的蘊意深長化。這麼一來，創造新的意象以便足夠體現此一精義，也就成了抒情詩寫作的終極蘄嚮所在。

抒情詩，有從古典格律詩到現今自由詩的體制變遷。前者緣於講究嚴格的平仄、對仗和押韻等規律，已為時人所畏憚，而老早就在文學教育和傳播中失落了。所存後者歷經詩人們的別裁新鑄和各學派的推波助瀾等，則不斷有異軍突起，把一個原就花團錦簇的詩壇粧點得更加猗歟美盛！而它就包括尋常所稱的童詩和新詩等，在搬演這一人間最見綺麗豐華的戲碼。當中童詩，仍是以兒童所能理解的詩為界義；而此類詩也一樣自由化了，可以跟著新詩的腳步來看它的成形。

新詩，這是經過民初移植自西方的自由詩程序後逐漸定型的，如今儼然已是中土抒情性文體的最高審美類目。它跟古典詩的差別，在於特重聯想翩翩的意象創造（古典詩則強調格律內斂所亟欲予人婉曲溫慰的聲情美感）。這種創造，使得新詩走向一個超越邏輯且自顯光華的世界。如「**無色的綠思想喧鬧地睡覺**」、「**她拳頭般的臉緊握在圓形的痛苦上死去**」和「**時間的熾熱一直持續到睡眠為止**」等，這些常被語言學家或哲學家冷落而判定為沒有認知意義的詩句，卻有著新穎的意象在裏面活化文字的生命。也就是說，它們分別以獨造的綠思想、圓形痛苦和時間熾熱等意象，隱喻著茂長的思緒，死亡的炫美和煩躁的無以扼止等，不僅有效藏意，而且還讓文字本身從連結兩個不同範疇的事物中化腐朽為神奇，簡直教人嘆為觀止！而由此也可見，以跳躍式思維來牽合相異的東西，就成了意象創造而改變常熟世界的不二法門。而我們想要檢視所寫相關作品是否成功，也是從這裏找著衡鑑的座標。

由於意象是在間接表達情感的，所以它的呈現就有從「以甲代乙，意義在乙」的比喻形態到「以甲代乙，甲乙都有意義」的象徵形態漸次深化的可能性。以童詩為例，何麗美的〈媽媽〉「年輕時的媽媽／像一瓶酒／爸爸喝了一口／就醉了」，這以酒作比配，喻旨在媽媽年輕時的美豔動人；而林良的〈公雞〉「公雞不管別人睏不睏，／只要自己醒了，／就不許大家再睡」，這則以公雞代表自私者，除了徵旨在討厭自私者的枉顧他人權益，字面的公雞胡亂啼叫本身也遭到了嫌怨。

此外，比喻和象徵還可以再細緻化。如比喻就有明喻（顯明性的比喻，如「天空淒美得像一座大祭壇」）、隱喻（隱藏性的比喻，如「四十個冬天圍攻你的容顏」）、換喻（轉換來比喻，如「牛蠅吹著牠悶熱的號角」）、借喻（借部分來比喻，如「她丈夫的呼吸把她的睡眠鋸成兩半」）和諷喻（諷刺性的比喻，如「他是兩腳書櫥」）等諸多手法；而象徵也有普遍象徵（象徵涵義具有普遍性，如「**他把國旗揮出一個彩色的項圈**」，當中國旗代表國家已有普遍性；而把它揮出一個項圈套在脖子上，更徵候了他的愛國心無比堅定）和特定象徵（象徵涵義只限特定性，如「**樹享受著天空的巨大穹窿**」，在徵候自由或幸福的樣態中，所取「樹享受巨大天空」的意象僅具特定性，尚未被普遍認同）等兩種主要方式。這都可以參究陳望道《修辭學發凡》、黃慶萱《修辭學》和張春榮《修辭萬花筒》等書所示而得知梗概，在此就不詳加論述了。

比較需要重視的是，在我們社會新詩經由不同世代詩人仿效西方學派的競技衍化，也已經從前現代寫實主義和浪漫主義式的模擬詩，發展到現代象徵主義、表現主義、未來主義、超現實主義和魔幻寫實主義式的造像詩，以及後現代解構主義式的語言遊戲詩和網路時代超鏈結式的多向詩（一般逕稱作網路詩或數位詩）等，可說不勝細數裏頭技藝的粲然繁夥。而這對繼起寫手來說，顯然是一大挑戰！因為他除了要極力於創造意象，還得窘迫於因應來自上述各種新作的威脅（考驗他能否跨域創新），總歸不是一個「就安於寫作」的自我命令可以了結！

針對這種風格變化所能給人帶來的美感衝突，不妨以底下三首分別符應前現代派、現代派和後現代派的詩作為例（網路時代派的超鏈結作品，紙面無從呈現，只好從略。有興趣的人，可以直接到曹志漣、姚大鈞、李順興、向陽、代橘、蘇紹連、須文蔚、大蒙、林羣盛、衣劍舞、海瑟、白靈和楊璐安等人的網站觀摩取鏡），看看它們各自在你我後續寫作中的仿效存活率有多少：

月光曲　　紀弦

升起於鍵盤上的
月亮，做了暗室裏的

燈

鼓聲　碧果

●
●
●
●
●
●
●
●
●
●
●

它
咬著什麼
走了。

沉默　林羣盛

```
1Ø   CLS
2Ø   GOTO  1Ø
3Ø   END
RUN
```

第一首〈月光曲〉以燈這個意象隱喻月光，模擬性十足，可以歸結在前現代寫實主義的範圍，且具優美感興；第二首〈鼓聲〉以圓黑點象徵人無妨對鼓聲的幾何新領受

（鼓聲原為爆裂狀，現在改以幾何中最美的圓形列序，無異在誘引讀者重蘊審美品味），造像性味濃，可以歸在現代表現主義的範圍，且具滑稽感興；第三首〈沉默〉以語碼程式（從 CLS 螢幕消除，走向 1Ø 的螢幕消除，然後再從新啟動），象徵在人機介面中無法言語的新關係，語言遊戲性特顯，可以歸在後現代解構主義的範圍，且具拼貼感興。

很明顯的，上述詩作彼此的美感質距頗大，個別寫手未必都喜歡；以至斟酌去取或綜攝別出新體，也就成了今後新詩寫作所不得不依賴的準繩。而想進一步了解此中詩體演變秘辛的人，坊間所見諸如孟樊《臺灣後現代詩的理論與實際》、蕭蕭《現代新詩美學》、林于弘《臺灣新詩分類學》和周慶華《走出新詩銅像國》等書，早多有闡發，可以就近參看。至於同樣受限於接受對象的童詩，則還停留在前現代的寫實階段。這是否要比照新詩再試為開拓新路，那就由各人依需求去決定了。

情感發散盡成抒情散文

我只有在走路時才能夠思考。一旦停下腳步，我便停止思考；我的心靈只跟隨兩條腿運思。

——法國哲學家盧梭（J. J. Rousseau）語

扣除歌謠、抒情詩和網路詩（雖然未及細談）等，抒情性文體就僅剩抒情散文可以涵蓋了。抒情散文的篇幅可長可短，且語句參差不齊，為的是要方便散點隨興的抒發情感，而有別於歌謠的刻意營造聽覺美和抒情詩的處心積慮想新創意象等。上引盧梭的觸感思維觀，其實也適合體現在抒情散文的寫作情境裏，畢竟人只有在暫離歌謠和抒情詩等寫作的散淡時刻，才會興起釋放多餘的情感，而抒情散文的構思就這樣倏發或悄然成形。

抒情散文的散漫化性格，不論是否曾被低看或遭到有意的排擠，它都早已自成一格，並且也有很多實踐性的作品，而可以讓我們依例給予一個必要或合理的定位；同時也藉機多方引為自我驗證紹繼寫作的成效。換句話說，抒情散文雖然淡薄了嚴密的規律和穠麗的外貌等形象，但它還是保有作為間接表意的文學特性，所以相關的寫作及其效應評估等，依然要予以預留空間，而不好隨某些訾議輕易加以否棄，以及盲目阻絕自我再行追求致勝的意志決心！

如今為了更事精實化對抒情散文的了解，整體上有幾個觀念要特別備著：首先是抒情散文固然被學者所著書如方祖燊《散文結構》、鄭明娳《現代散文構成論》和俞元桂主編《中國現代散文理論》等普遍認定是在「直接吐抒」或「如實地表現」，但它仍以擁有意象創造權為必要的特性所在。如朱自清的〈背影〉「過鐵道時，他先將橘子散放在地上，自己慢慢爬下，再抱起橘子走。到這邊時，我趕緊去攙他。他和我走到車上，將橘子一股腦兒放在我的皮大衣上」，這就擇取了橘子這個意象在特定象徵父愛。又如徐志摩的〈想飛〉「假如我能有這樣一個深夜，它那無底的陰森捻起我遍體的毫管；再能有窗子外不住往下篩的雪，篩淡了遠近間颺動的市謠，篩泯了在泥道上掙扎的車輪，篩滅了腦殼中不妥協的潛流」，這也選用了靜謐深夜的意象在隱喻身心逃匿的最佳時空。可知沒有一篇構得上抒情散文的作品，能夠自外於參與創造意象的行列（縱然它的呈現方式疏宕了一點）。

其次是抒情散文即使受限於散化的語言結構，可以耍弄的花樣並不多，但它既然同為著重抒情，致使它也得比照其他抒情性作品，以體現普遍而深刻的情感為最根本的可稱頌條件。好比陳之藩的〈在春風裏〉「胡（適）先生對周作人的偏愛，是著名的……在道德上可以和他一比的活人，我覺得只有那個在非洲行醫的史懷哲」和張拓蕪的〈紡車〉「母親總是佝僂著身子坐在棗木凳上，左手牽著棉花條，右手搖者紡車柄，嗚呀嗚呀的搖著、響著，伴和著隔壁老屋祖母的殼殼的木魚聲，組成一闋特殊而又優美的樂曲」等，一則寫一名寬厚待人者的風範，絲絲入扣，讓人同感如沐春風；一則寫一位慈母的憐子持家，外表溫和，內心卻隱約有幾許的怨苦（都藉由紡車的搖動而代為宣洩了），一樣令人常駐影像。這都情深味永，充分顯示寫作者善於經營，頗能契入抒情散文精撰的門道。

再次是為了尋求進境，抒情散文相似的也得走出銅像國，而向基進創新的陣地去衝刺。這在當今的表現，已經可以看到一些採用現代派手法的作品。如：

男人之舟　管管

自從那年夏天的頭顱被炸掉之後，那男子就天天去栽樹……某天，他就把自己也栽成一株樹；且一直栽了下去，據說竟把他栽成一座森林。

保險櫃裏的人　林彧

想著想著，突然我發現，四周的人都不見了，太陽消失了，星星和月亮，所有的發光體全都不見了。我在黑黝黝的方盒裏，是我在冷冰冰的保險櫃中！

前者在揭發潛意識或夢境，可以歸在超現實主義的範圍，且具滑稽感興；後者在製造如真似幻的魔幻效果，可以歸在魔幻寫實主義的範圍，且具怪誕感興，都頗見造像的成效（開發了人的潛在世界和同神秘界互動的圖景），而跟前現代派的模擬性散文不類。當中一樣是超現實主義式的散文，還有底下這兩種採意識流手法來抒情的次類型：

攸里西斯在大陸　叢甦

惱人，一大早被鬧鐘吵醒。時間還早，撳住鬧鈴，蒙頭再睡，夢裏卡麗普叟正梳理她的髮……嗚，菩薩，隔壁的淋浴聲，像倒垃圾。非起來不可了，竟聯合起來圍攻。

意識流　王鼎鈞

那個少男不鍾情　那個少女不懷春　歌德名句萬口傳　那個看了不動心　那個不知道歌德寫過一部《少年維特的煩惱》……牧師說信耶穌的人彼此相愛　中國人一看這不有點兒傷風敗俗嗎

一則無厘頭的流動意識，一則天馬行空的奔躍意識，都讓前現代的散文望塵莫及而寫下前衛散文的新頁。換句話說，它們以併置異質素的思緒來取得新人耳目的效應（而稍微有別於〈男人之舟〉那種以矛盾見奇的超現實作風），雖然可以一起歸在超現實的範圍，但卻是別具怪誕感興。

說到這裏，有個旁增的規則理當出來總結這一類的創新了，那就是前兩章所提過的顛倒歌、反常歌和現代派以下各種殊異新詩等，連同此地的新式散文，所抒發的情感都不再是一個「普遍而深刻」的理念所能範限，而必須過渡到「特定而奇詭」的境地去等待受眾的來臨。前者是基本律，後者是衍生律，都不妨存著作為抒情性文體寫作分軌並進的指標。

也因此，所顯現於標題的〈情感發散盡成抒情散文〉這一稱名，由於得著上述涵義的充實，終究足夠我們藉以檢視作品的成敗得失。至如沒有隨文再依例另列「兒童散文」品類，乃因為一致性的基本律和衍生律等，不論寫給誰看都不會改變，所以就不再別為添詞贅述。

敘事的落處無限

真正的探索旅程，並不在於發現新的風景，而在於擁有新的眼光。

——法國小說家普魯斯特（M. Proust）語

文學向來被類比於藝術，有著將素材予以額外加工的外在形象。因為它是由語言組構成的，所以也叫做語言藝術。此類藝術的加工性，除了體現在抒情性文體的多賴意象（兼及韻律）上，還有一大部分是全靠事件撐起的。事件的間接表意特性，就在象徵的演出中完成（它不像意象還可以用於比喻）；而這也已經繁殖出了龐大的羣落，總歸為敘事性文體，在名義上分佔文學的一半疆域。

依概念限定，事件是帶有「時間流中的行動」標記；而該標記的向度不同，會影響到敘述呈現的形態，所以敘事性文體也就有因事件質地差異而判分的各種類別，包括神話、傳說，敘事散文／故事、小說／少年小說、戲劇／兒童戲劇和童話等（詳見前篇〈文體文類得一併配置〉章）。不過，這僅是就犖犖大者而區劃的，事實上它還可以不斷地添加。也就是說，只要有新形態的事件被敘述，約略就能夠為它釐定一個屬類範圍。但受限於論述體例，此處不可能旁出列舉太多，以至後面有關章節只好針對上述那些相對重要的類型予以分辨設說。

這總提是「敘事的落處無限」，分述則得從可歸併的一些特徵來相繼發微。而這已有討論抒情性文體的前例在，勢必要照著就敘事的「事」實和「敘」式等處給予條陳。這種條陳，不可避免也得為敘事性文體必要的美感中介「象徵」作一明顯的勾勒，以便能夠看出它跟文學的局部相互蘊涵特性。

首先關於事實方面，敘事性文體所敘事件只要是具有特定目標的行動，就都算數（否則僅及一些無謂或不知所向的行動就沒有意義）。因此，事實的存處，不啻可以遍及哲學、科學、藝術、政治、經濟、社會、宗教、教育和軍事等能產生行動的場域；而它的徵候內涵，則已不再侷限於情感範疇，而是自動擴充到了相應牽連的思想領地，變成一個特大包容力的美感對象。於是不論寇爾斯（R. Coles）《故事的呼喚》、科恩（S. Cohan）《講故事：對敘事虛構作品的理論分析》和格拉斯奈（A. Glassner）《編故事：互動故事創意聖經》

一類專書如何有意秀出敘事性文體生發演變的軌跡，在給人共享品評，它都毋須再回返源頭而於當下就足以攫住我們的注意力。換句話說，敘事性文體中的事實，跟大家的生活多麼親密（縱使在組合上虛構成分居多），形同是自己天生在搬演體驗。好比下列一則極短篇小說：

算命師　　史托斯克（S. Stosic）

「我看到很大的災禍。」吉普賽女人凝視著水晶球說。

「你知不知道會……會發生什麼事？」男人緊張地小聲問。

「我看到一把槍，還有你認識的人偷你的錢包。」

「可是你怎麼能這麼確定？怎麼能？」

吉普賽女人舉起槍，微笑。

這以吉普賽女人設局誆騙的事件，象徵對現實人心叵測的必要提防（思想），以及難容騙子行為的深惡痛絕感覺（情感）等，直如一齣行動劇在激盪著我們：既可實際領受它布局的巧妙，又能及時頓生恐同的警戒心，美感悲壯極了。所謂敘事性文體的事實，大致上就像這樣在被規模醞釀著。

其次關於敘式方面，敘事性文體的寓意感知，最終也是透過技藝來加以保障；而該技藝則顯現在頗為複雜的敘述觀點、敘述方式和敘述結構等必有的採擷變化上。當中敘述觀點，是指敘述時所選取的觀察角度，有全知式的、限制式的和旁知式的等差異；敘述方式，是指敘述時所擇用的安排事件模式，也有順敘、倒敘、插敘、預敘和意識流等不同；敘述結構，是指敘述時所綰合的行動過程，更有語言結構（包括情節結構、性格結構和背景結構等）和意義結構（包括語言面意義和非語言面意義等）等多重面向。好比上述那則極短篇小說，它就運用了旁知觀點（敘述者僅站在純客觀立場不作任何評斷）、順序模式（按事件發生先後順序排列）以及男女主角的乖訛性格（一個願挨一個願打）／衝突張力（誆騙者和受騙者不相容）／情境詭異（算命場合神秘兮兮）和警惕主題／厭惡情緒等，每個環節都涉及了。而表面看來，麻雀雖小，卻是五臟俱全，且多非尋常手法，可說是相當有審美典範的價值。

雖然後現代式的寫作有戲謔支裂敘事性文體一格的演出，如美國小說家馮內果

（K. Vonnegut）在他的《鬧劇》前言所道著的「小說不需要有開端、中心、結尾、情節、道德、寓言、效果」這般，但整體上保留一個在理的敘式架構，還是有方便檢討所寫相關作品成效的好處，畢竟敘事性文體的實踐已經複雜到一般人想像不到的地步，不先掌握一些基本概念，恐怕讀寫都會嚴重失去依憑。至於像上引普魯斯特語中所謂得具備新眼光一事，那就是另一個實地寫作所要面臨的重要課題，無妨到後面部分章節再來細究。

神話傳說敘事詩勉強新創

如果你夠幸運，那麼你一生至少會有一次想出一個絕妙的好點子。

——美國個人戶外成長組織創辦人麥納（J. Miner）語

敘事性文體以專門在敘述事件為它的獨特性所在，而該事件如前章所說可以落處無限，這樣我們就有了依需擇類和將重點擺在敘述技藝上等權宜面對方式。當中的依需擇類，是因為有論述體例的限制，不可能極盡廣涵，只好把相對重要的部分挑出來計慮，而讓會影響各類型作品優劣成敗的敘述技藝得以被深長的注視。

現在就依次先談神話、傳說和敘事詩等寫作所得通過的關卡。這三類的選定，約略是以發生的先後順序為依據。而原則上，它們都屬於過去時空的產物，且已有一些特定的寫作模式，對今後的寫手來說，可以藉為取鑑或對勘，卻未必要再投注心力去發皇建功。理由就在：神話是敘述神的故事，傳說和敘事詩是敘述英雄的故事（差別在於傳說採泛散文形式而敘事詩採格律詩形式），而神和英雄（半人半神）都已遠杳，今人要寫作，多半只能改寫或仿作，價值難以衡高。因此，凸顯它們，僅僅為了還有一個敘述技藝得從它們發端，以便可以對比出後續敘事性文體寫作的氣力差異。

這種差異，但舉風格一項，就足以窺知它們想從新穿越也缺門道，總是要被當成敘事性文體的初階或原始狀態，遠不及此後其他的進階表現。不信且看：根據前篇〈布局還有形式技巧風格要考量〉章所述，風格這種因技巧運用所塑造成的整體藝術形相，如今已經繁衍出了優美／崇高／悲壯／滑稽／怪誕／諧擬／拼貼／多向／互動等多種樣態（進一步的界義為：優美是指形式結構和諧、圓滿，可以使人孳生純淨的快感；崇高是指形式的結構龐大、變化劇烈，可以教人的情緒振奮高揚；悲壯是指形式的結構包含有正面或英雄性格的人物遭到不應有卻又無法擺脫的失敗、死亡或痛苦，可以激起人的憐憫和恐懼等情緒；滑稽是指形式的結構含有違背常理或矛盾衝突的事物，可以引發人的喜悅和發笑；怪誕是指形式的結構盡是異質性事物的並置，可以給人產生荒誕不經、光怪陸離的感覺；諧擬是指形式的結構顯現出諧趣模擬的特色，讓人覺得十分顛倒錯亂；拼貼是指形式的結構在於表露高度拼湊異質材料的本事，令人有如置身在歧路花園裏；多向是指形式的結構鏈結著文字、圖形、聲音、影像、動畫等多種媒體，可以誘引人無盡的延異情思；互動是指形式的結構留有接受者呼應、省思和批判的空間，可以提振人參與創作的樂趣）；而侷限於敘寫神或英雄事蹟的作品，除了可以優入崇高和悲壯兩大範疇，其餘就全然沒有機會涉及。致使相關的思路，要有所轉向到找尋僅有的「勉強新創」空隙，以為再行寫作這一類作品的準則，並且通用於事後的檢視憑據。

所謂勉強新創，在這裏是一個相當緊縮的用詞，表示可以致力的空間非常有限，得抓穩才不會徒生憾事。我們知道，早期所見的不論是古希臘神話（如盜火神話、自戀神話、愛情神話、戰爭神話、流浪神話、災難神話、命運神話和復仇神話等），還是中國上古神話（如盤古開天闢地神話、大禹治水神話、后羿射日神話、夸父追日神話、嫦娥奔月神話、精衛銜石填海神話、共工氏怒觸不周山天柱折神話、女媧煉石補天神話、愚公移山神話和神農嚐百草神話等），都已雜錯英雄人物在內，很少有純神話；而傳說也因英雄不再歷世，逐漸轉變擴及對歷史人物、新聞事件、地方古蹟、自然風景和社會習俗等對象的敘寫。如此一來，神話或傳說的寫作，也就同樣有透過製造差異予以創新的餘地。只不過所能突破美感範疇的機率不高，它的創意僅夠勉強湊數，而無法跟其他敘事性文體的寫作相媲美。

此外，敘事詩也稱史詩，它的極為馳騁想像力特徵（每部史詩動輒十幾萬字，內裏聯想翩翩的情況，早已是後世小說的規模），只存在於為效法神／上帝造物的西方創造觀型文化中，我們傳統氣化觀型文化並不時興那種作為。如郭茂倩《樂府詩集》和邱燮友《中國歷代故事詩》等書所收錄舉證的〈陌上桑〉、〈孔雀東南飛〉、〈悲憤詩〉和〈木蘭辭〉等夾帶事件卻最多才一千七百多字的作品，都還是在內感外應的抒情範圍（全為了綰結人情）。以至西方的敘事詩已經從早期的英雄史詩（如《伊利亞特》《奧德賽》）發展到後來的文人史詩（如《神曲》《失樂園》）和自傳史詩（如《序曲》《唐璜》）等，而中土社會則始終欠此一格。這樣今後我們的仿效寫作想要創新，那就更屬「勉強」而有待加倍努力了。

說實在話，在加入敘述技藝的察覺後，上述三類作品的優化創意早就該另有譜系了。也就是說，依照本篇〈體裁規範的遵守和突破〉章所開列的，敘事性文體對事件的選定有一正事或怪事的進層規範（排除沒有價值的泛泛事件），這就提點了敘述技藝的伸展向度，而有得我們在此勉為詳加處度一番。當中正事，是指具有增智和感發志意等功能的常態性事件。例子如泰雅族的射太陽神話（把太陽分成兩半，方便有白天和黑夜可供工作和休息）：

> 啟程了，三位壯士揹負著嬰兒，一路種植蜜柑，以作為回程的糧食……經過了幾十年，三位出發時的青年都變成了白頭髮的老人……年輕人雖然未能完成壯志，但他們帶去的嬰兒也早已長大成人，繼續著他們的使命……有一支箭射中了太陽的中心，把太陽分成兩半……射中太陽的那位壯士也倒臥在太陽的血中死去。
>
> 其餘的兩位壯士趕緊離開山頂，邊吃著他們前輩所種植的蜜柑充饑，邊沿著來時路回家。

這則神話所隱含能預估風險的智慧（如攜帶嬰兒去完成任務，屬遠慮型接力；而料想回程會食用來時所種植的蜜柑，則屬自力後勤補給，都不是短淺於籌謀的人所能辨到），正有給讀者帶來深受啟迪且每多懷想的作用。而怪事，則是具有震撼和警覺戒惕等功能的非常態性事件。例子如古希臘神話中有個小城邦的國王名叫普洛克拉斯提（Procrustes），他常誘引旅客進門，饗以盛宴，挽留過夜，要他們睡在一張特別的床上。他希望這張床完全符合客人的身長，所以用利斧把太高的人雙腿截短，把太矮的人身體拉長。而實際上他有一大一小兩張床，故意讓矮的人睡大床，讓高的人睡小床。這則神話縱然沒能使我們增長什麼識見或內心受到什麼鼓舞，但它卻點醒了我們原來有權勢的人會暗中搞怪而得有所防備，仍舊效應十足。

假使說前面所舉證的跨代新潮不易形現，那麼此地的內部優化創意還是可以聊為代替，而為這一類敘事性文體的寫作暫且定下規制。換句話說，既然都是為穎異寫作著想，而在條件或分量大致相當的情況下，也就毋須強要分出彼此，畢竟想在這裏面再產出仿似上引麥納所說的絕妙好點子，可是困難重重哪！至於兒童限制詞沒有加進這三類作品，那是因為它們都跟兒童的經驗差距過大（否則弄個什麼兒童神話或兒童傳說或兒童敘事詩，難保不會教人跌破眼鏡），一樣得略去不議。

故事和敘事散文的美構

> 所謂歷史，只不過是一堆夢話；我們活在現在，唯一有意義的歷史，乃是今天我們所寫的歷史。
>
> ——美國汽車大王福特（H. Ford）語

所能接續前章而被淺近感知的，約略是故事和敘事散文這兩類作品。它們的寫作都有及身性，比較不費力就可以發覺此中的完構慮度及其技藝需求等。當中故事，它是專為兒童設想的，特指他們所親歷或聽聞的生活經驗；而敘事散文，則是刻意歸給成人，以敘寫他們同為帶親歷性或聽聞性的人生履歷，二者也都有產難比能的壓力。

以故事來說，它原為一系列事件組合體的總稱，如今升格為一種文類，那它最好就限定在敘寫兒童的生活故事範圍，以免混淆於其他敘事性文體也都有故事成分。這樣兒童就有了專屬的散文類型（逕稱作兒童散文或兒童敘事散文也無妨），而可以跟一般的敘事散文並列來談。縱是如此，這類作品的寫作，也不是未經深思熟慮就能夠輕易有效的成形。

依理故事也得保留一個可以差異創新的空間，才能顯示故事作為一種文類的形塑力；而這種形塑力，也就是故事從一般性過渡到創造性的一大保障。只不過當它想比照其他文類從前現代模擬性的寫作跨向現代造像性的寫作或後現代語言遊戲性的寫作，以為顯示自我基進創新的實力時，它就會大為逸離原先的親歷或聽聞特質，而跟童話、小說和戲劇等非真實的敘事性作品沒有兩樣了。因此，為了成全故事在文類上相對的素樸性，它還是僅能就本身所可展望的優化創意一義予以定位。這樣前章所舉證過的正事或怪事該進層規範，也就成了創新性寫作的必要準繩了。好比寫作天下編委會主編《大家來寫酷作文》收有一篇〈當一天爸爸〉，正有這種特徵：

> 夢寐以求的「爸爸」角色終於被我當上了……我一會兒叫「吃飯」，一會兒喊「快點走」、「看書坐端正」，說了一連串的話，看來，這爸爸真不那麼好當。

這寫一個小孩體驗到不同的生活模式，深感角色互換實在不容易，從而不再怨怪爸爸平時的嘮叨。可見所敘事似正為常態性，兒童讀後有益自我心智的成長。又好比史登堡（R. J. Sternberg）《思考教學》附有一篇無題故事：

> 傑克自認在班上最聰明，他常常捉弄艾文……「喂，艾文！我這有兩塊銅板，你要那塊？」艾文看了銅板一會兒，拿起較大的五分銅板，留下較小的十分銅板……遠處有個成人看到這一幕，走近艾文，和氣的解釋幣值的差別，並說他平白損失了五分錢。「啊，我知道啦！」艾文回答說：「但是如果這次挑了十分錢，傑克下次就不會再來找我了；如果故意弄錯，傑克就會一直找我。我已經賺到一塊多了，下次我還要繼續裝笨。」

這寫一個小孩以另類機智來應付同儕的欺凌，寓含有多重旨意，包括在現實處境上裝笨才能贏得存在優勢不免備感辛苦，以及在集體潛意識上隱含著聰明／愚蠢的相對性和某一方面表現不佳的人得從另一方面去尋求彌補等，都很出人意表。可見所敘事偏怪為非常態性，頗能刺激撩動人心（成人讀後感觸會更深）。

至於敘事散文，情況也相仿。它在以敘寫生活經驗方面，既是排除抒情散文後所剩下的散文作品，又是本身為非詩非小說的形式才有獨立性。後者的區別處，在於敘事散文的語調接近口說，而所敘述的事件又以親歷或聽聞為範圍；否則它就得歸入詩或小說的領域。換句話說，敘事散文是以所敘述的事件來象徵思想情感，而該事件又得以較素樸的方式去完構；不然它也要被可窮使各種技巧花招的詩或小說所統轄。如此一來，跨域創新的追求仍得留給其他文類的寫作，敘事散文只合從謹守分寸中儘向優化創意一路前進。例如屠格涅夫（I. Turgenev）的〈乞丐〉：

> 我沿著街道走，為了一個衰老的乞丐，我停了腳步……他向我伸出一隻紅腫骯髒的手……我拿不出一點東西來……乞丐用他那充血的眼注視著我；他的紫色的嘴唇微笑了，而且他更緊緊地握了握我冰冷的手指。「這算什麼，先生！」他喃喃地說：「這也要謝謝你，這也是一件禮物，先生。」

這寫一個乞丐對被乞討者比自己更窮境遇

的反應，終末倒起惻怛且以「這也是一件禮物」為喻，不啻可以深長的感動人心，而真切體會到憐憫的實質況味，顯然所敘事偏正帶有常態性。又例如楚映天《壞事沒你想的那麼壞》所引一篇藉為印證論理的無題作品：

> 一位老乞丐獨自在山中挖隧道……有一天，一個年輕人突然現身在山谷中，手上拿著一把亮晃晃的彎刀，一個跨步將它架在老乞丐的脖子上……老乞丐語重心長地說：「當年，我殺了你的父親，你母親也因此而自殺。你母親死後，我深感罪孽深重、悔恨交加，立志要做一件大善事彌補我的罪孽。」……有了年輕人的幫助，隧道提前一年挖通了。老乞丐盤膝坐在洞口，微笑著閉上眼睛說：「動手吧！孩子，為你父親報仇的時間到了。」……「你是我的老師，學生怎麼能殺死自己的老師？」年輕人哭著說。

這寫一個復仇者被對方無比善行所感動而不由自主地放棄初衷，無異可以讓人震懾不已，從此知道細審自己內在對不平事物的醜詆堅控態度，顯然所敘事似怪帶有非常態性。

故事和敘事散文寫竣後的成效檢視，大抵就以上述優化創意的達成為準據。如果出了這種美構範圍而還有未盡意的地方，那麼它就是敘事內部一個更得精細化的觀念問題。依照敘事理論的說法，任何敘事性作品的成形，都是經過作者化身為敘述主體（只具備作者的部分經驗）主導敘述方向，而敘述主體再構設敘述者（可以是全知型或限制型或旁知型）執行敘述任務才可能的。在這一系列程序中，寫作進入純文字組合的行動域，而現實世界早已遠離。也因此，沒有一個敘事性作品不是虛構而成的。這對故事和敘事散文來說，也無從不據此來自我標誌，使得所取材的親歷或聽聞性質，得更確切的當它是敘述技藝讓它「像是實際親歷或聽聞」的，而不是如表面所示真有現實的對應項。

上引福特語中的「現在歷史」觀，恰如這裏的揭發，有幾分相似，因為凡是親歷或聽聞的事件在回憶時都已成過去，只有虛構的部分存於現今的時空；讀者想賞鑑，也得就它的當下性盡情完味，而不宜再去追究那是否真實發生過。

童話傳記小說戲劇異轡分驅

一個極為獨特的好點子，當然可以觸發一部成功的作品。

——美國編輯人柯斯托尼克（K. Kosztolnyik）語

順著前章來接續推衍，擬人且帶奇幻色彩的童話就一定是虛構的；而記敘人物生平事蹟的傳記也還是虛構的；再如組織繁複的小說和戲劇等則更是非絕對虛構不足以形容的了。這正是殿後選定要談的幾大敘事性文類；而所能將它們湊在一起的條件，無非就是上述那更屬明顯的虛構性。

當中除了某些以寫實相標榜的作品要虛構得很有真實感，而難以忘形去強逞跨域創新的本事（不然就會減損它的權威性），其餘都無妨以基進為名或靠基進贏得讀者的注視。所謂基進（radical），也稱前衛，是一種特殊的相對關係。它在被運用時，有衝破一切藩籬的效力和不拘格套的自主性。而從性質上來說，基進可以收編現代派、後現代派和網路時代派等文學技藝上的利器，形成一個龐大的陣容。也就是說，現代派、後現代派和網路時代派中有的搶先機性（不論各學派之間是否相互衝突)，正是經常伺機出擊的基進所肯認或所合味的。因此，前面各章偶有用到這個概念而尚未加以說明的，在此地就一併給予界定，以便有名義可藉為專門指稱。

這在童話方面，它的基進創新已有一些規模可以取鑑。原本童話是從民間故事發源的，像早期的《格林童話》，就是由德國民間故事改編的；爾後由於改編不敷求，所以又有專為兒童創作的新童話，如《安徒生童話》、《貝洛童話》和《王爾德童話》等。這些前驅開啟了一個富有幻想趣味和奇妙造境等特徵的故事寫作新紀元。而隨著一般文學的創異累進，童話作者也受到鼓舞而自行展開一連串基進求變的旅程。好比奧蘭斯妲(C. Orenstein)《百變小紅帽——一則童話的性、道德和演變》、沃克(B. G. Walker)《醜女與野獸——女性主義顛覆書寫》和羅森(A. Rowshan)《童話許願戒》等書就舉出了許多後現代解構式的童話創作；而倉橋由美子的《殘酷童話》也積極範寫了一些深具諧擬效果的作品。此外，張嘉驊的《怪物童話》、林世仁的《11個小紅帽》和劉思源的《妖怪森林》等，更多類似的仿作，而一起璀璨了綺麗詭變的童話園地，足夠大家在這裏面詠嘆後再別出巧思。

至如傳記方面，長期以來，不論是自傳還是他傳，基本上都會礙於把「事實完全記錄下來」的舊規而難以大開大闔的施展。不過，晚近經由後現代解構思潮的多方衝擊，相關的寫實觀念已稍微有鬆動的跡象。現在大家終於明白，有幾個理由會讓傳記寫作變得失真、甚或虛擬造假：第一是基於美學考量而刻意挑選某類事件；第二是心智對於任何不適意的事件會施加完全自然的壓抑；第三是當事人有一種正當的欲望想在他所敘寫的事件中保護自己或他的同伴。因此，莫洛亞（A. Maurois）《傳記面面觀》一書在指出上述原委後，才會說「重拾過去是不可能的，人們總會以無意識的方式去改變過去，還有人們也總會有意識地改變過去」。在這種情況下，傳記和小說的區別，就變得毫無意義。正如福勒（R. Fowler）《現代西方文學批評術語》所探得的「埃里森的小說《隱身人》和克拉克的自傳《美國，他們的美國》儘管形式迥異，然而在激情洋溢和自我曝露方面並無二致」。縱使整體的傳記寫作已演變到亟欲恰似在完成一項拼貼的工作（而此拼貼方式又可能五花八門），但實際要找具體的作品來驗證卻又困難重重，以至不如就保留它應有隨風氣「與時俱進」的權力而寫作者不妨相機自行審度成敗，此外再也無法多說什麼。

最後是小說和戲劇方面，這一個從史詩蛻變而來，一個則在上古時期就已發跡，如今成了兩大異轡分驅的敘事體，也不斷各自總領基進創新的風潮，並且佳作如林。好比喬伊斯《尤里西斯》、馬奎斯（G. G. Márquez）《百年孤寂》和符傲思（J. Fowles）《法國中尉的女人》等，就構成了一個從現代超現實和魔幻寫實到後現代解構的前衛小說光譜。而這在國內的仿作也小有成績，如：

> 「全世界的人都要是死掉得光光了牠來了的的個牠的的個話，——你一個人活到的的個在，你又怎麼能夠活得下去？」有一個人這麼樣的個問起他道。

> 我們就這樣沉默著、飄升著。卡瓦達飄過我左上方，非常溫柔而輕緩地把紅鼻大酋長的頭顱暫時放進一個樹洞裏……我在經過那樹洞時瞥見紅鼻大酋長的鼻孔向前翻了起來。

> 親愛的讀者，這篇小說到此已結束了。不管是不是合你的意，我實在是被挫折感所困折了⋯⋯我最初定下的結局是這樣的：臺中仔和張玉網終究是要「你走你的陽關道，我過我的獨木橋」的。

這分別見於王文興《背海的人》、張大春〈自莽林躍出〉和蔡源煌〈錯誤〉等，所顯現的任由潛意識流動、幻境實境交錯和後設說明小說的虛構性等，相對於前現代寫實性作品已自成一系列更新流脈。又好比貝克特（S. Beckett）《等待果陀》、米勒（H. Miller）《一個推銷員之死》和穆勒（H. Müller）《哈姆雷特機器》等，也構成了一個從現代滑稽風格和怪誕風格到後現代諧擬風格的前衛戲劇光譜。而這在國內所見的賴聲川《暗戀桃花源》、馬森《獅子》和李國修《京戲啟示錄》等仿作，同樣也略有可觀，因限於篇幅就不比照前項節錄以證了。

上述幾類，傳記部分，兒童緣於經驗還短淺而無由參與；其餘小說和戲劇部分都可以加入，而已有少年小說和兒童戲劇等名目在流傳（少年小說限定接受對象為青春期前後的少年，乃因為小說成分眾多，有相當的難度，較小兒童不易了解)。但基於它們所能展現的基進創新尚未擺脫仿效成人作品一途的前提，這裏也暫不舉例。此外，只能存在網路上已知力拚多向風格且可跟讀者互動的一些網路小說，相似的也得將它們略去。

總括敘事性作品的寫作，得先謹守「具備人物、情節、衝突和意外結局等普遍性概念架構」的原則(方便吸引讀者)，然後再力求體制內的更新。當中情節方面，向來有如上引柯斯托尼克所說絕妙好點子的安置要求。好比卡洛爾(L. Carrol)的童話《愛麗絲夢遊奇境記》，設想小女孩夢中掉進兔子洞遭遇許多奇幻事件，就頗見這類特性；而羅蘭(R. Rolland)的傳記《貝多芬傳》、克萊頓(M. Crichton)的小說《侏儸紀公園》和巴瑞科(A. Baricco)的戲劇《海上鋼琴師》等，所分別選定用苦難來鑄成歡樂、讓絕種的恐龍起死回生和給被棄養的音樂神童在郵輪上渡過一生等罕見情節，也都堪稱盡符該特性。

至於延續衝突達到最高點所應出現的意外結局，更是敘事美學所不可或缺的竅門。就以小說為例，像埃梅(M. Aymé)的〈穿牆人〉，安排那位會穿牆術卻幹了不少壞事的男主角，最後誤陷一片正在凝固的水泥牆而動彈不得，這就有如晴天霹靂般警惕著讀者妄想類似穿牆這種特異功能的可能不堪後果。又像徐四金的《香水》，設計那位謀殺多名女子而僥倖逃過司法制裁的男主角，終末卻死於一羣流浪漢的生吞活剝中，這也驚悚到令人要屏息凜對，以便從中汲取教訓（歹路走多了，結局可能連怎麼死的都不知道）。它們都採用前篇〈結局要有力收網〉章所說的封閉式結尾方式，讓那意外結局停格在駭人情緒的最上端，精采無比！其他事涉跨域創新的嘗試，也都可以仿此來檢點驗收成效。

說理縮結於層次特性

如果笑話不具「笑」果，喜劇演員通常就順勢貶責笑話自我解嘲一番，這樣還可以保住一個後設笑話。作者也是。

——美國作家兼數學家包洛斯（J. A. Paulos）語

文學的獨立性有抒情性文體和敘事性文體在給予保障，出了這兩大範疇就是非文學；而非文學，則由說理性文體所統括。說理性文體它不像前二者必須額外加工（如創發意象、諧和韻律和善用敘述技巧等），只要把理說清楚或說透徹就行了。

縱是這樣，說理性文體的「理」實和「說」式在未加詳究的情況下，相關寫作也會因為不知所措而錯失它應有的精準度或可稱道性。比如說，理通常會再增添一個修飾詞真而變成「真理」。而所謂真理，則分別有本體真理和論理真理等。前者是指當事物出現時，大家判斷它是否跟大家腦海中對事物所形成的觀念相符，如果相符事物就是真的，大家就擁有本體真理；否則事物就是假的，大家就不擁有本體真理（如「他是好人」和「這朵花好美」等，我們只要知道好人和美的定義，就可以判斷他和花是不是真如所說)。後者是指當事物出現時，大家根據對各種事物所形成的觀念加以判斷，如果相符大家的判斷就是真的，就擁有論理真理；否則大家的判斷就是假的，就不擁有論理真理（如「外面下雨了」，我們只要出去察看，就可以判斷這句話是否如實)。此外，理在經過技術性調配後，還要晉級到能夠顯現前面〈體裁規範的遵守和突破〉章所說的信理或詭理的實質特性，如此說理性文體一樣所需的創新才有著力點。而這些都有學問在，不是隨便應付就可以寫出有模有樣的作品。

又比如說，說（有的叫論或議）這一基本的繹解形態，通常也要有一個「設定概念、建立命題、進行推論和解決問題」等成套的程序。當中設定概念，是指賦予事物一些特定的名稱，以便可以概括指實該事物（如張三、李四和王五等，我們賦予他們「人」的名稱，就方便進一步說及他們會工作和談戀愛等特徵）；而建立命題，是指陳列和測定兩個概念間的普遍關係，以便可以用來解釋事物的前後因果連結（如我們陳列和測定「人都是有理性的」這類「人」和「有理性」間的普遍關係，就方便進一步解釋張三、李四和王五這些人也都是有理性的）。而進行推論，是指運用命題實際解釋已經存在的事物（如「人都是有理性的。張三、李四和王五等都是人。所以張三、李四和王五等也都是有理性的」之類）。而解決問題，是指將推論結果用來支持某些行為或化解某些疑問（如「張三、李四和王五等既然都是有理性的，那麼他們就會努力工作和認真談戀愛等」或「張三、李四和王五等既然都是有理性的，那麼他們就不可能偷懶懈怠和欺凌辜負他人等」之類）。據此，再把儘可能的說式連上來，那麼我們就會發現說出高格的信理或詭理，便成了說理性文體可以跟其他文體競比的最大憑證（具體舉例，詳見後兩章）。

還有緣於實踐力的不同，所有的信理或詭理在表露前，都會先被綰結在一起而顯出具層次差別的特性。好比現有學科的劃分，包括人文學科、社會學科和自然學科等，它們的內蘊分別所會被追問的諸如賴特（E. A. Wright）《現代劇場藝術》、洪特（E. F. Hunt）《社會科學概論》和雷夫金（J. Rifkin）《能趨疲：新世界觀——二十一世紀人類文明的新曙光》等書著錄的「為何人類竭盡所能和控制心思後，仍舊遭逢災難呢」、「經濟生產財和消費財的製造和分配如何進行呢」和「怎樣維護生態倫理和減少資源浪費呢」一些課題，倘若加以討論解決，那麼就會成就一篇篇的對象說理文。至於後設說理文，則是針對上述所解決課題予以精細反省它的精確性或可靠性後自然成形。而依此類推，還可以疊加而後有後後設說理文、後後後設說理文……等，以至於無窮盡。而這如果未能加以有效區別，那麼所寫成的相關作品難保不會一團混亂或漫無所歸！

例子如「（胡適語）我這裏千言萬語，也只是教人一個不受人惑的方法」、「（豎牌道）此地禁倒垃圾」和「（騙子說）我一輩子都是在說假話騙人」等，這分別見於胡適《我們走那條路》、楊士毅《邏輯與人生——語言與謬誤》和徐道鄰《語意學概要》等書明著或引證的說詞，所以會顯得弔詭，正是源自它們分不清對象語言和後設語言所造成的。換句話說，根據字面意思，倘若你信了胡適的話不就被他牽著鼻子走了？那塊寫著禁倒垃圾的牌子本身不也是該禁止的垃圾？騙子承認說假話那他不就變成非騙子？這都很失威信！只有意識到不包括自己所說的話，而別為加注「本句除外」，才不致引起他人的誤會。

無論如何，說理性文體為了體現自我

專屬的強於說理這一特性，也得守住邏輯規律為基本信條，沒有出現自相矛盾或不相干或循環論證的現象，此外就不合再像其他文體可以逕向現代式或後現代式或網路時代式那類超邏輯演出去新奇致勝。畢竟一旦自相矛盾或不相干或循環論證就等於沒有說什麼，不啻枉費了一番論述。好比有人問你吃過中飯了沒，你一會兒回答說吃過，一會兒又回答說沒吃過，這就違反矛盾律而讓人家搞不清楚你究竟有否吃過中飯。又有人問你吃過中飯了沒，你回答說你還沒有結婚，這就犯了不相干的謬誤而同樣令人猜不透你的飢飽狀況。又有人問你為什麼要吃飯，你回答說因為你肚子餓；而再問你為什麼會肚子餓，你則回答說因為你想吃飯，這就把前提和結論拿來相互解釋，但見無謂的循環論證，而絲毫也沒有觸及肚子餓的真正原因。

我們想要查驗說理性文體的寫作成效，準據約略就在上述那些甄辨過的理實和說式中。至於上引包洛斯語中的後設笑話，我們也當看得出那僅是以笑話為批評的對象罷了，寫成文章還得歸在對象說理文的範圍；只有再以該批評為批評的對象，所完成的論述才晉升到後設說理文的層級。因此，將這種區分鑄成牢固的觀念，我們的寫作方可望比那些懵懂無知的人信筆塗鴉要精實高華。

對象說理以科學為典範

知識只是權力的另一個名字。主流團體把他們的觀念、規範、對於歷史的自私解讀，都強加在別人身上。

——美國歷史學家拉許（C. Lasch）語

對象說理文的對象（object），為第一序的存在。它可以是具體的人事物，也可以是抽象的語言概念，還可以是神秘的神鬼幽靈。而將這些說出一番道理，不論是起於內蘊或是輾轉外加，都成了一種最先有的論述形態。這種形態雖然不便走上跨域創新的基進道路，但它仍有內部優化創意一格足以馳騁。也就是說，它能夠透過信理或詭理的醞釀發露，而展現自我卓絕的風采。

所謂信理，是指有信服度的道理，它可以讓人崇仰膜拜；而所謂詭理，是指曲意詭譎的道理，它則可以令人改變觀念，二者都比泛泛或無所炫異的道理要能進駐人心。而只要該信理或該詭理有趨時或駭世的態勢，就可能變成知識瀰風行社會。

瀰（meme），它原為道金斯（R. Dawkins）《自私的基因》一書所創設的概念，用來指稱包括旋律、信念、宣傳語、流行服飾和製罐或蓋房子的方式等甚多模仿的歷程。後來被林區（A. Lynch）《思想傳染》一書更事推衍，不但將它視為活性的思想傳染因子，而且還以流行病作比喻：「**思想傳染因子就像電腦網路上的病毒軟體，或城市中的流行病毒，會經由高效率的程式設計，規畫自身的傳染途徑，蓬勃發展。**」由於有這般的從新賦義，所以瀰本身也開始普遍化而廣被世人所沿用和探索不已。因此，凡是精鍊有成的信理或詭理，想要穿越舊規範的防線而領導時尚，已經有同類的瀰氛圍，而不會是一件難事。

回過頭來談信理或詭理的成知過程。對象說理文既然以第一序的存在項為內容，那麼它所要塑造的知識自是以科學為典範。而科學所見的「描述現象、解釋因果和預測未來」等表述流程，已經是它的固定運作模式，這在後續對象說理文的寫作上大概也不好違拗。有個典型的例子，著錄於尼采《歡悅的科學》書中：

> 有一件事是必須的：就是人們由於自己的成就而獲得滿足。只有如此，人才能忍受死亡。任何對自己不滿的人，都會變得殘暴不仁。

> 我們其他人就成為他們的受害者，僅僅因為我們要阻止他的悲觀。人由於悲觀絕望，才會變得邪惡而焦慮。

這就包含了對現象的描述（人們由於自己的成就而獲得滿足）、因果的解釋（只有如此，人才能忍受死亡）和未來的預測（任何對自己不滿的人，都會變得殘暴不仁）等一連串的論述程序，理路縝密無誤；而所成就的知識，除了有效，還高度可信（也就是我們難以駁倒它）。

類似的信理摶就，在當代的科普界也觸處可見。好比輸入一個小變數可能造成無窮影響的混沌理論、游走在秩序和混沌邊緣而以影響源為偶發性的複雜理論，以及在無秩序複雜中找出有意義簡單性的小世界理論等，分別經過葛雷易克（J. Gleick）《混沌——不測風雲的背後》、沃德羅普（M. M. Waldrop）《複雜——走在秩序和混沌邊緣》和布侃南（M. Buchanan）《連結》等書的闡發，對於現實中各種事物的變化（如美國麻薩諸塞州的一隻蝴蝶撲搧一下翅膀，可能引起遠在印度次大陸的一場大風暴）、機遇（如年輕的演員能夠成為超級巨星，那往往只是湊巧演了一部熱門片子，使他知名度暴漲，事業扶搖直上）和人際聯繫網（如財富所以會落在少數人手裏，只因為那些人比較敢在互動網絡中投資搶錢）等，早已可以給予高效率的預測，使得該類道理的可信從程度無以復加。

出了信理，就是詭理。對象說理文的寫作如果要以塑造詭理為能事，那麼它大約得運用到反向思維和刻意製造矛盾等方式。前者，如「人們替事物拍照，是為了將它趕出心中」、「民主只是大多數的白痴來排擠天才的合法程序」、「倘若生活裏少了撒旦，就會無聊至極」和「旅行是傻瓜的天堂」等，這分別出自小說家卡夫卡、政治家邱吉爾（W. Churchill）、歷史學家米歇萊（J. Michelet）和詩人愛默生（R. W. Emerson）等筆底的言論，雖然都未經細密論證，但已可看出它們有別於尋常思維的「逆意勝出」特點。而後者，如坎納沃（S. Cannavo）《贏家的邏輯思維》書中所列舉的「他的好意毀了我」、「她的雄辯在於沉默」、「有些人簡直不是人」、「這些天來我根本不是在努力，我只是在努力保持那個樣子」和「哈里：『伯特，你應該在旁邊沒有人時抽菸。香菸是很令人討厭的，而且很可能是有害的。』伯特：『是的，我知道。

這是個很不好的習慣，我應該在旁邊甚至沒有我自己的時候抽菸。』」等數條，這都不必詳為說明，也能看出它們有意弔詭以「炫人耳目」的一斑。

顯然詭理的成知，已經瀕臨邏輯失序的邊緣（當中刻意製造矛盾部分有特定策略在背後支持，仍然不同於一般無所說式的違反矛盾律），而它所以還會讓人津津樂道，只因為那裏面隱含有「開啟新局」（指反向思維可以繁衍增值許多意義）或「濟窮救危」（指刻意製造矛盾能夠方便人逃離現場的窘困而別為逍遙）的籲請，我們一旦跟它覿面了，就會感覺好像是在藉由抗拒地心引力而極速飛行那樣的詭異且充滿生機。換句話說，詭理對於單單刺激我們改變觀念這一點，無疑有著莫大的作用，可以跟足夠令我們崇仰膜拜的信理相頡頏。

不過，話也要轉回一半，當這些信理和詭理有機會成形後，另一個如何避免順勢藉它對別人造成不當凌駕的問題，也得浮出檯面，而為寫作者所深切反省因應。上引拉許所說知識變成權力宰制的媒介一事，固然悲觀了一點，但他的憂慮也不無可以啟發我們隨時得留意此一優化創意本身的無心壓人或有意不遜，畢竟在事涉一些攸關性別、階級、族群和國家等議題的討論時，大家特別容易滑落犯上這種毛病。

至於在精釀信理或詭理的過程中，是否該摻雜或徵引其他文體來增強說服力，那就看所要完成的對象說理文有多少容受的空間。好比柏肯（T. Burkan）《最高意志的修煉》書中有這麼一段文字：

> 一位僧人被老虎追逐著。為了脫身，僧人爬到懸崖下攀著一條長藤，這時下面出現了另一隻老虎。正當他擺盪於兩個亡死可能性之間，距離他出手未能及的範圍，又有老鼠囓咬著樹藤。就在這時，僧人發現懸崖邊長著野草莓，他摘了一顆放入口中。當樹藤斷裂把僧人拋向死亡時，他將百分之百的注意力放在口中草莓的甜美滋味。藉著專注於草莓，他免於讓念頭落在身體被撕扯的慘狀。他是死了，但他沒有經歷痛苦。

這就採用一整個「轉念化境」的故事，來證明忘死解脫的佛式信理。斷言只有結尾兩句，前面則全是象徵性的敘事體，卻無礙它的高明陳義。所謂對象說理文寫作成效的檢視，無妨就以上述這些作為終極的參照系譜。

哲學進場推廣發展後設說理

正確敘述的反面是錯誤敘述，但一項深奧真理的反面，卻很可能也是另一項深奧的真理。

——丹麥物理學家波耳（N. Bohr）語

坊間出版談寫作的書，習慣把說理性文體稱作論說文或議論文或說明文。這並沒有什麼不可以，只是嫌那些用詞略為含混，畢竟說理有層次的不同，不接續予以區分對象說理文和後設說理文等，那所有的據題論說可能都會隨著失準乏效。因此，依照本脈絡這樣的判別處置，不論是陳述或取證，一概可以顯出「理從義順」的好處。

這最後要談的，就是所析出的後設說理文。後設說理文的後設（meta），乃是第二序的存在。它以第一序的存在為對象，而自我展演哲學的高深形貌。也就是說，世上所見的哲學，正是後設說理；而後設說理可以無止盡後設追究下去，以至哲學也就顯得無以倫比的奧衍可觀。

不管哲學的起源有多早，它在古希臘時代被察覺的時候，就已經可以看出某種程度的知性規模，而使得當時的名人如蘇格拉底（Socrates）要快適的以「愛智」（philosophia）來總攝那一套學問，以及他的學生柏拉圖和柏拉圖的學生亞里斯多德等繼踵愛上戮力於發揚該套學問。這裏所謂的愛智，就是不斷探究事物理則的代稱。它原本不限對象，但緣於學術逐漸明朗化，開始有了科別的劃分，導致內包的科學、倫理學、政治學和美學等紛紛獨立後，哲學就經常僅剩對形上原理、認識條件和邏輯規律這些屬各學科共有成分的發言權。直到晚近，出現學科漫無止歸發展的跡象，大家才又覺得有必要恢復哲學的約束力，以便深化認知再度成為風尚。於是哲學從新站上一切可能的後設層次給論說把關，而所有的說理性文體難免都要跟它交會。這樣本章標〈哲學進場推廣發展後設說理〉的訂定，就不啻是在順勢預告說理性文體的進趨方向。

同樣的，後設說理文也僅適合在展現優化創意方面顯能。只不過它在以對象說理文為論說對象時，相關的先機已被搶走了，以至想再次塑造信理或詭理就不是那麼容易。縱使如此，為了顯露它與眾不同的後設本事，這一類的寫作還是得挖空心思讓它名副其實；否則就毋須多此一舉了。

可以想見，要達到這個地步，它必須跟所針對的對象說理構成一創意差序，馴致有「對象是詭理而後設後變信理」或「對象是信理而後設後變詭理」的現象發生。如前章所引坎納沃書對言說刻意製造矛盾所作的評論：

> 矛盾修飾法的修辭力量在於：使陳述乍看好像是極顯明的前後不一致。這不僅使矛盾修飾法具有極大的震撼力，並且使人困折費解，覺得它非常深邃。巧妙使用這種方式，能引發人們的興趣，增加文字的美感。因此，我們可以努力去挖掘它可能轉化的意義，從而不再出現自相矛盾。

很明顯經過這一番說詞的建制化或條理化對方，它自己反成為一種可被恪遵的信理（也就是它創設了刻意製造差異的深層理由，讓人感覺彷彿世間不可缺此一環似的）。又如有兩段分別出自王夢鷗《文學概論》和吳潛誠《詩人不撒謊》等書為反駁「人生經驗和文學創作能力成正比」觀點的後設論說：

> 我國古代的冒險家張騫（行萬里路），書簏子像李善（讀萬卷書），他們都沒有文學作品傳世；反而是匹夫匹婦，生活不出於閭里之間，由他們唱些「靜女其姝，俟我於城隅……」或「彼狡童兮，不與我言兮……」反而傳誦不絕。可見語言表現力如何跟想像品的多寡無關，重要的乃在於我們能把它表達到怎樣的程度。

> 我一向認為強調人生經驗和寫作的關係是毫無必要的……任何人只要活過一天，就不必擔心沒有人生經驗可寫。他該擔心的是：感覺夠不夠敏銳，心思夠不夠細膩，想像力夠不夠活潑或發達，能不能從自己的經驗中挖掘出意義來。

倘若說被點到的對象是信理的話（很少寫作有成的人不如此），那麼他們的駁斥在相對上就成了詭理，大概只有體驗近似的人才會認同。但不論如何，這都是深知以取徑相異競奇的好例子，寫手們不妨據此試為再展精采。

此外，後設說理還可以有衍生或擴延

比能的作法。好比著錄於周華山《意義——詮釋學的啟迪》書中有這類的對象論述：蕭伯納（G. Bernard Shaw）曾對不接受他批評的柏格森（H. Bergson）說：「親愛的朋友，我對你思想的理解比你自己要深刻得多呢！」康德也認為自己所了解的柏拉圖更甚於柏拉圖自己。而這從霍伊（D. C. Hoy）《批評的循環》一書的蒐羅中，我們也可以知道早已有哲學家伽達瑪（H. G. Gadamer）在大表不滿。他就指著康德的言論而後設批判說：「我們不能自稱更加了解柏拉圖，我們只是了解的跟他本人的不同罷了。」這所演出的是一場信理對抗詭理的戲碼，雙方都有勝點（當中詭理所以也有勝點，是因為了解別人甚過對方自己這一說法雖然很難服人，但它卻可以刺激我們頓悟偶有「旁觀者清」的可能性）。

即使如此，事情並不會到這裏就結束了。如果再深入一點看，大家當會發現人的生理和心理等隨時都在變化，又豈是自我所能掌控的？也因此，才有刻在古希臘德爾非神廟上的那句箴言「認識你自己」，以及當代美學家班雅明（W. Benjamin）的許願「幸福就是能夠認識自己而不感到驚恐」，一致在提醒大家強化自我認知能力。甚至還有人從側面嘲弄認識或了解自己這件事根本是異想天開。如小說家歌德（J. Goethe）就反控說「我要是認識了自己的話，我可能早就逃跑了」;而散文家梭羅(H. D. Thoreau)也詆訶道「一個人想要了解自己，如同不轉身就想看到身後的東西一樣困難」。這麼一轉折，就形同是給上述兩造各打了五十大板，叫他們從此噤聲會比較好。

當然，這類衍生或擴延比能的作法，更可以透過累加式的後設來彰顯它的高度信理性或極度詭理性。就以高度信理性為例，柯林烏德《藝術哲學大綱》書中有段議論：

> 美唯有以情感的形式才能在心中呈現。這個情感是兩極的：不單是快樂，而是快樂和痛苦……所以我們常會覺得自己不敢赴音樂會、朗誦詩或欣賞非常美麗的景致。並不是因為我們恐懼可能的醜，而是恐懼過於偉大的美。

這顯然是可信從的。唯一遺憾的是，他的說詞本身還要再加一個前提而構成底下這個形式才可被理解:「凡是偉大的美都會引發人快樂和痛苦的感覺。音樂會、朗誦詩或非常美麗的景致等都是偉大的美。所以音樂會、朗誦詩或非常美麗的景致等都會引發人快樂和痛苦的感覺」。但很明顯的大前提「凡是偉大的美都會引發人快樂和痛苦的感覺」這個全稱肯定句會引起人的質疑，而得從新調整理路。它的論證形式應該是這樣的:「有些人欣賞偉大的美會產生快樂和痛苦的感覺。某某(屬有些人範圍)在欣賞偉大的美。所以某某會產生快樂和痛苦的感覺」。雖然如此，「有些人欣賞偉大的美會產生快樂和痛苦的感覺」這個特稱肯定句中的「偉大的美」還得再作界定，而使它具有解釋的功能。如「只要能引發人極為奇特的感覺的美都可以稱作偉大的美。音樂會、朗誦詩或非常美麗的景致等能引發人極為奇特的感覺。所以音樂會、朗誦詩或非常美麗的景致等都可以稱作偉大的美」。然而，「只要能引發人極為奇特的感覺的美都可以稱作偉大的美」還需要有「凡是能使人產生奇特的感覺的就可以稱它為美」這個前提來保證。依此類推，後設可至於無窮。

像這種不斷增添的後設，很可能會走到上引波耳語中的另項奧理領地，而複雜化相關的接受情境；只是那已屬非所計議的範圍。純就論述面來說，後設說理只要能填補原先的缺漏，它的高度信理性就越發確立，而可以典範化。

所有後設說理文寫作成效的檢視，必要的準則，就盡在此地所說的衍生後設架構中。大家不妨勤於揣摩體會，而讓自己早日廁入出色說理家的行列。

附錄一：資訊文學化——一個可能的文學救贖

一、文學從巧飾語言發端後

向來文學都有一層修飾過的外衣，以便跟同為語言構成的其他學科有所區別。由於該修飾乃將語言從日常逕直表意中予以藝術般的改造或額外加工而為殊異的間接表意形態，馴致有了別無分號的「語言藝術」的稱呼。此語言藝術擇取比喻和象徵等多重手段來抒情，而設計涵蓋視點、時序和結構等成分為模組用於敘事，彼此分合繁衍累積成一專屬的文學王國。

文學王國自是確立了，只不過另有形上理念不同而分劃出風格特徵迥異的中西兩大系統。在西方，因信守創造觀而出現詩性思維在揣摩人神關係；在中方，因信守氣化觀而出現情志思維在綰諧人情自然（另有一支由印度佛教所開啟因信守緣起觀而出現解離思維在推銷空苦解脫義理，但它僅以文學為筌蹄而不事華采雕蔚，可以不計），彼此一重馳騁想像力一重內感外應，大為影響各自的發展。

當中重馳騁想像力的傾向外衍，而重內感外應的則傾向內煥；外衍的恣肆宏闊而有氣勢磅礴的敘事性史詩及其流亞戲劇和小說等的賡續發皇，而內煥的精巧洗鍊而有抒情味濃厚的詩歌及其派典詞曲和平話等的另現風華。這在技藝跨域上已是障礙重重，更別說還有挾著軍事或政經優勢在背後裹脅而造成文化／文學殖民一事難了的問題。後者是說西方社會在近幾世紀歷經文藝復興、宗教改革、政治啟蒙和工業革命等一系列變異後文化獨大，原文學所一併寄寓要化解人神衝突的，因為藉著創作而使人性得到了昇華（終於解決人不能成為神的困窘而自然化解跟神性的衝突），以至自覺不自覺的締造出一波又一波的創新風潮。這些風潮從前現代的寫實性作品奠定了「模象」的基礎，再經過現代的新寫實性作品轉而開啟了「造象」的道路，然後又躍進到後現代的解構性作品和網路時代的多向性作品展衍出了「語言遊戲」和「超鏈結」的新天地。西方人在這裏得到的已經不只是審美創造上的快悅，它還有涉及脫困的倫理抉擇方面的滿足，從而體現作為一個受造者所能極盡「回應」的本事。這原該自足就可以了，但西方人卻僭越妄想普世化，致使有形無形的殖民征服一啟動那些創作觀念和成果也隨著四處蔓延。而中方沒有能力抵擋，早早就將自我傳統也獨樹一幟的文學表現棄如敝屣，從此尾隨別人度日，卻又因「內質難變」和「效外無由」而迄今還是沒有一種體裁不小人家一號（形同追趕不及或超前無望）。

是否也緣於這個原因，海峽兩岸的現代文學創作在世界文壇上沒了能見度（即使有高行健和莫言接續掙到了諾貝爾文學獎，但那也只是政治配額而非二人真正技高一籌，西方人仍然無心接納他們的作品）。且看貝爾（C. Bell）《文學》那本普泛談論文學的書，卻僅存西方文學一脈；而布萊德貝里（M. Bradbury）《文學地圖》該本概括全世界文學的巨冊，所敘儘有阿拉伯文學、以色列文學和非洲文學等，就是隻字不提中國大陸和台灣的文學。這是東方文學從近代以來一味仿效西式文學共同的命運，無法以異采贏得別人的敬意。

二、走向淺易資訊化的流墮格局

大家可能會覺得西方人缺乏識見，領略不了中文作品的美妙，於是對於像寒哲（L. J. Hammond）《西方思想抒寫》所不諱言的「西方人很少有欣賞東方文學的，中國和日本的詩人在西方的讀者也為數不多」(中譯本,頁 43),以及希爾斯(E. Shils)《知識分子與當權者》所直指的「**亞洲的現代文化(含文學)很多仍是沒有創造力……正在進行的有價值的工作是地方編史和本土傳統文化的研究**」(中譯本,頁 499)等,也就可以反詆諆他們根本是「措大不識好惡」。但那又如何?此地文學西方人看不上眼就是看不上眼,有什麼理由能夠用來辯白?更慘的是,西方文學一脈已經歷過一番淺易資訊化的流墮,而此地文學人還在盲目的追趕而不思另覓他途!

本來西方人但以馳騁想像力為蘄嚮,並未對文學所指涉對象強加設限,因此有關文學的範圍,長期以來不僅涵括莎士比亞(W. Shakespeare)和米爾頓(J. Milton)的作品,而且還擴及培根(F. Bacon)的論文和鄧恩(J. Donne)的布道詞,以及笛卡兒(R. Descartes)和巴斯噶(B. Bascal)的哲學著作等,幾乎是無所不包。而這最有力的見證,則是二十世紀上半葉諾貝爾文學獎頒給了史學家莫姆森(T. Mommsen)、哲學家奧伊肯(R. Eucken)和柏格森(H. Bergson)及政治家邱吉爾(W. Churchill)等,顯然那是把廣義的人文學當成文學。一直要到二十世紀下半葉受形構主義的影響,西方人才逐漸轉向以語言組構的特殊性來區別文學和非文學（從新認知到文學的既有品味）。

正因為這樣，西方人在一心力求突破創新的過程中（如上述從模象→造象→語言遊戲→超鏈結等一連串的演變），也就不自覺的掉入了另一個淺易資訊化的流墮陷阱。而整個流墮格局，則顯現在兩個層面：首先是為了衝破現狀，不斷地找尋新的著力點，如泛泛的書寫現實生活不滿足，再鑽向特定的階級鬥爭或科技成就或存在迷思或父式霸權或生態危機或新殖民意識予以窮繪詳摹，因而造就了更具象可辨的馬克思主義／未來主義／存在主義／女性主義／生態主義／後殖民主義等流派；但它的「一眼就可看穿旨意」的淺易資訊化特徵也同時流露出來了，從此走向文學原崇尚繁難且耐人尋味調性的反面。其次是電腦科技興起，文學人也多在兼趕新潮，或數位化處理文學作品，或創作數位化文學作品（而有多向文本的形現），彷彿覓著了新的展演途徑；但就在一片慶賀聲中，該更見淺易資訊化的消費市場導向流弊也一起併現（文學跟資訊一樣「用過就丟棄」），於是有關文學所一向抗拒通俗或太簡的高華身影就無緣再續為堅持或期待能永駐人心了。

此地文學人不察西式文學已流墮到這種地步，依舊亦步亦趨的跟在人家屁股後面撿拾唾餘，模樣自是山寨版兼忸怩作態，想因此而博得對方的青睞門都沒有（縱然偶有羅青、李昂、邱妙津和吳明益等人的作品入了部分西方人的眼，但那也僅是對方亟欲知道西方的解構主義、女性主義、酷兒理論和生態主義等移植到此地究竟成了什麼樣子，可不是真心在讚揚此地文學的成就）。

三、沒有援手出來力挽危殆。

文學淺易資訊化的風氣一但盛行，相關的技藝勢必會被忽略而不再有提升的機會。這也難怪著名學者伊格頓（T. Eagleton）在他的開山作《當代文學理論導論》中不禁要判定「**文學根本就沒有什麼本質**」（中譯本，頁 11）；而當他眼看著大家都隨機轉向關注文學內裏傳遞的訊息（全然不在意文學行使了那些技藝）而紛紛搞起文化研究後，他的下部著作《理論之後——文化理論的當下與未來》乾脆就把文學封藏不肯為它措置一二語了。而更有甚者，在米勒（J. H. Miller）的《文學死了嗎？》書內因大嘆「**全世界的文學系**

的年輕教員，都在大批離開文學研究，轉向理論、文化研究、後殖民研究、媒體研究、大眾文化研究、女性研究、黑人研究等」(中譯本，頁 18）而急急唱起文學死亡的輓歌，導致如薩德（Z. Sardar)《文化研究》、巴克（C. Barker)《文化研究——理論與實務》和透納（G. Turner)《英國文化研究導論》等宛似在隔空通氣應和的著述接連興起。它們的競相出籠，標誌了那更像在將文學推向谷底深淵而不是要拉它一把。

文學的衰頹絕續已成定局！這也連帶影響到媒體不再問津、出版社旁顧他去、作家無意研發新技藝和讀者沒興趣也沒能力賞鑑等，彷彿進入了文學末日（近年諾貝爾文學獎有頒給流行音樂家、甚至找不到給獎對象而要延後再議等現象，也無異在預兆文學榮景一去不返的悲運)。很明顯文學的流墮所促成自我喪失采邑，已經嚴重到不堪聞問的境地！不樂見局勢這般演變的人理當是要出來力挽危殆的，但實況卻是只見像上所述那般哀悼而辦法全無（如今這些人恐怕也都從眾遁入手機的方框世界在消遣餘生，管它文學是否還有明天)。

至於有部分才在熱中創作數位化文學

作品以體驗超鏈結和制動快感的人，他們的資訊焦慮和新增網路寄身虛無化等遭遇，本身已被迫停留在�追躡科技階段，那有餘力去反轉文學日薄西山的命運（何況絕大多數都還困折於摸索學習和窮於應付軟硬體更新花費的壓力等，如何奢望能從中醞釀什麼濟渡的力量呢）！先前多有看好此類創作有助於文學開新的說詞，顯然都誤判了。

四、救贖在新繁難的資訊文學化

文學人淪落媚俗下場，大環境不再給予文學恣肆發展的空間，這在不忍見「雙重失落」或「理想幻滅」的前提下，繼起者是要有一番救贖行動才不枉生為文學美感需求也在己身具備的人。

整個思考方向是：既然文學資訊化已經大為脫序逸格，而新生體又不好重返中西文學任何一個舊有典型的範域（否則就不算是新生體），那改嘗試資訊文學化可能就是唯一的救贖途徑了。

所謂資訊文學化，是指從新使文學繁雜化和艱難化而以超越中西文學格局的姿態面世；它要儘可能將現存各種資訊汲引來為文學所用冶於一爐（包括技藝的研練提升在內），讓每一次第的體製和審美感興雙雙極大化或炫奇化，而完全迥異於邇來所見文學資訊化在傳遞特定訊息中也一併削弱了文學的本真及其可無盡翫賞性。

這在才子書《紅樓夢》和納博科夫（V. Nabokov）《幽冥的火》該類百科全書式的書寫中，已見範本（前者極力摹繪閥閱大家，且盡嵌各種雅俗文體及其人事搬演和物項輸布等，應有盡有；後者不僅彙集長短詩、小說、評論、注解、戲劇和索引等品類於一書，所敘內容更廣涉人生、孤獨、性、死亡、愛情、友誼、權力、政治、語言、宗教、道德、罪惡、心理分析、文學審美、翻譯、學術研究和藝術創作等重要課題，堪稱詳備），但仍嫌它們只在各自的傳統綻放異采且限於敘事文體。如今則要期以跨域爭鋒的努力，收攝古今中外所見各種資訊精釀而重出可分衍的奇極品貌，文學庶幾可以再駭世一次（既可避開仿效遭人譏誚的惡運，又能昂然挺立管領風騷）！

由於這是人所擬定（商請於大家），所以救贖必須自我完成而無從仰賴神。還有資訊文學化既然是未來可預見必經的道路，那文前副標題的「可能」用詞，實則已寓含了「必得」的語意，等大家親身踐履了就會證驗。

附錄二：作者著作一覽表

一、論著

1.《詩話摘句批評研究》，臺北：文史哲，1993。
2.《秩序的探索——當代文學論述的省察》，臺北：東大，1994。
3.《文學圖繪》，臺北：東大，1996。
4.《臺灣當代文學理論》，臺北：揚智，1996。
5.《佛學新視野》，臺北：東大，1997。
6.《臺灣文學與「臺灣文學」》，臺北：生智，1997。
7.《語言文化學》，臺北：生智，1997。
8.《兒童文學新論》，臺北：生智，1998。
9.《新時代的宗教》，臺北：揚智，1999。
10.《佛教與文學的系譜》，臺北：里仁，1999。
11.《思維與寫作》，臺北：五南，1999。
12.《中國符號學》，臺北：揚智，2000。
13.《文苑馳走》，臺北：文史哲，2000。
14.《作文指導》，臺北：五南，2001。
15.《後宗教學》，臺北：五南，2001。
16.《故事學》，臺北：五南，2002。
17.《死亡學》，臺北：五南，2002。
18.《閱讀社會學》，臺北：揚智，2003。

19.《文學理論》，臺北：五南，2004。
20.《語文研究法》，臺北：洪葉，2004。
21.《創造性寫作教學》，臺北：萬卷樓，2004。
22.《後佛學》，臺北：里仁，2004。
23.《後臺灣文學》，臺北：秀威，2004。
24.《身體權力學》，臺北：弘智，2005。
25.《靈異學》，臺北：洪葉，2006。
26.《語用符號學》，臺北：唐山，2006。
27.《紅樓搖夢》，臺北：里仁，2007。
28.《語文教學方法》，臺北：里仁，2007。
29.《走訪哲學後花園》，臺北：三民，2007。
30.《佛教的文化事業——佛光山個案探討》，臺北：秀威，2007。
31.《轉傳統為開新——另眼看待漢文化》，臺北：秀威，2008。
32.《從通識教育到語文教育》，臺北：秀威，2008。
33.《文學詮釋學》，臺北：里仁，2009。
34.《反全球化的新語境》，臺北：秀威，2010。
35.《文學概論》，臺北：揚智，2011。
36.《語文符號學》，上海：東方，2011。
37.《生態災難與靈療》，臺北：五南，2011。
38.《華語文教學方法論》，臺北：新學林，2011。

39.《文化治療》，臺北：五南，2012。
40.《華語文文化教學》，臺北：揚智，2012。
41.《文學經理學》，臺北：五南，2016。
42.《文學動起來——一個應時文創的新藍圖》，臺北：秀威，2017。
43.《解脫的智慧》，臺北：華志，2017。
44.《走出新詩銅像國》，臺北：華志，2019。
45.《與君子有約：在全球化風險中找出路》，臺北：華志，2020。
46.《靈異語言知多少》，臺北：華志，2020。
47.《新說紅樓夢》，臺北：華志，2020。
48.《《莊子》一次看透》，臺北：華志，2020。
49.《君子學：後全球化時代的希望工程》，臺北：華志，2021。
50.《寫作新解方》，臺北：華志，2021。

二、詩集

1.《蕪情》，臺北：詩之華，1998。
2.《七行詩》，臺北：文史哲，2001。
3.《未來世界》，臺北：文史哲，2002。
4.《我沒有話要說——給成人看的童詩》，臺北：秀威，2007。
5.《又有詩》，臺北：秀威，2007。
6.《又見東北季風》，臺北：秀威，2007。
7.《剪出一段旅程》，臺北：秀威，2008。
8.《新福爾摩沙組詩》，臺北：秀威，2009。

9.《銀色小調》，臺北：秀威，2010。
10.《飛越抒情帶》，臺北：秀威，2011。
11.《游牧路線——東海岸愛戀赤字的旅行》，臺北：秀威，2012。
12.《意象跟你去遨遊》，臺北：秀威，2012。
13.《流動偵測站——列車上的吟詩旅人》，臺北：秀威，2016。
14.《詩後三千年》，臺北：秀威，2017。
15.《重組東海岸》，臺北：秀威，2018。

三、散文集

1.《追夜》（附錄小說），臺北：文史哲，1999。
2.《酷品味：許一個有深度的哲學化人生》臺北：華志，2018。

四、小說集

1.《瀰來瀰去——跨域觀念小小說》，臺北：華志，2019。
2.《叫我們哲學第一班》，臺北：華志，2021。

五、傳記

1.《走上學術這條不歸路》，臺北：生智，2016。

六、雜文集

1.《微雕人文——歷世與渡化未來的旅程》，臺北：秀威，2013。

七、編撰

1.《幽夢影導讀》，臺北：金楓，1990。
2.《舌頭上的蓮花與劍——全方位經營大志典：言辭卷》，臺北：大人物，1994。

八、合著

1.《中國文學與美學》(與余崇生、高秋鳳、陳弘治、張素貞、黃瑞枝、楊振良、蔡宗陽、劉明宗、鍾屏蘭等合著)，臺北：五南，2000。
2.《臺灣文學》(與林文寶、林素玟、林淑貞、張堂錡、陳信元等合著)，臺北：萬卷樓，2001。
3.《閱讀文學經典》(與王萬象、董恕明等合著)，臺北：五南，2004。
4.《新詩寫作》(與王萬象、許文獻、簡齊儒、董恕明、須文蔚等合著)，臺北：秀威，2009。

國家圖書館出版品預行編目資料

寫作新解方 / 周慶華著. -- 初版. --
臺北市：華志文化事業有限公司,
2021.08 面；　公分. -- (後全球化思潮；6)
ISBN 978-986-06755-5-9(平裝)
1.寫作法

811.1　　110010496

書名／寫作新解方
系列／後全球化思潮06
華志文化事業有限公司

作者　周慶華
執行編輯　楊雅婷
美術編輯　簡煜哲
封面設計　王志強
文字校對　陳欣欣
企劃執行　康敏才
總編輯　黃志中
社長　楊凱翔
出版者　華志文化事業有限公司
電子信箱　huachihbook@yahoo.com.tw
地址　116台北市文山區興隆路四段九十六巷三弄六號四樓
電話　0937075060

總經銷商　旭昇圖書有限公司
地址　235新北市中和區中山路二段三五二號二樓
電話　02-22451480
傳真　02-22451479
郵政劃撥　戶名：旭昇圖書有限公司（帳號：12935041）
書號　G406
出版日期　西元二〇二一年八月初版第一刷

PRINT IN TAIWAN

華志文化